러브리걸 N세대 연애소설

나는 그놈의 전부였다

2부

나는 그놈의 전부였다 2부
러브리걸 N세대 연애 소설

초판 1쇄 찍은 날 § 2003년 12월 30일
초판 1쇄 펴낸 날 § 2004년 1월 10일

지은이 § 러브리걸
펴낸이 § 서경석

편집장 § 문혜영
편집책임 § 이종민 · 신혜미
마케팅 § 정필 · 강양원 · 이선구 · 김규진 · 홍현경

펴낸곳 § 도서출판 청어람
등록번호 § 제1081-1-89호
등록일자 § 1999. 5. 31
어람번호 § 제4-0035호

주소 § 경기도 부천시 원미구 심곡1동 350-1 남성B/D 3F (우) 420-011
전화 § 032-656-4452 팩스 § 032-656-4453
http://www.chungeoram.com
E-mail § eoram99@chollian.net

ⓒ 러브리걸, 2003

값 9,000원

ISBN 89-5505-951-5 03810

※ 파본은 본사나 구입하신 서점에서 교환하여 드립니다.
※ 저자와 협의하여 인지를 붙이지 않습니다.

러브리걸 N세대 연애소설

나는 그놈의 전부였다

2부

도서출판

청어람

　　　　　　　작가의 말　「006」
1 나는 사회로,
　　너석은 학교로　「011」
2 국제적인 스타
　　　　강준성　「041」
3 운균이는 못말려　「081」

4 권태기라고?!　「117」

5 새로 온 대리님　「141」

난 그놈의 전부였다 2부●●●●●●●●●●●●●●●●●●●

6 이 대리 VS 고딩 얼짱 「173」

7 열여덟 더하기
　　　스물셋은 '6'　「199」
8 어긋난 오해　「221」

9 곰돌이
　아르바이트생　「247」

　　　　　　　번외　「277」

'피부에 와 닿는 현실적인 사랑.'

요즘은 주변에서 여러 가지 사랑의 형태를 보기도 해요. 그중 시간이 가면 갈수록 현실적으로 변해가는 여자와 현실보다는 자신이 만들어놓은 이상으로 되어가는 남자. 소설 속에 준희와 준성이가 그래요.

몇 달 전 모 음료수 광고를 보고 많은 생각을 했어요. CF속 여자의 모습과 남자의 모습은 주변에서 흔히 볼 수 있었던 모습들이었어요. 그 모습에 적지 않은 충격을 받았던 저였죠. '아, 정말 그런데……' 라면서.

이번 '나는 그놈의 전부였다 2부'는 23살이 된 6년 된 커플 준희와 준성이의 현실적인 모습을 담고 싶었어요. 6년 된 커플이 느낄 수 있는 사랑의 단조로움들. 늘 회사에서 쫓기고 쫓기는 일상 중에서 변화없는 준성이의 모습에 지쳐 가는 준희. 흔히 대학생인 남자 쪽과 회사에 다니는 여자가 느낄 수 있는 모습을 그리고자 노력은 했는데… 표현이 잘되었는지 모르겠네요.

여자인 제가 준희를 쓰면서, 그리고 준성이를 쓰면서 현실에서의 사랑도 이렇기에 씁쓸한 면이 적지 않았어요. 어느새부턴인가 사람의 우선순위가 돈이 먼저 되는 사회를 바라보면서, 그것에 찌들어 가고 있는 사람들. 한 번쯤은 뒤를 돌아 자신의 인생에서의 우선순위를 다시금 생각해 보는 기회를 만들게 되었으면 좋겠어요.

사랑은 꼭 설레임만이 전부가 아니라 생각해요. 사랑은 같이 있을 땐 같은 방향을 보는 것이고, 떨어져 있을 땐 같은 방향을 보고자 노력하는 것이라고 생각해요.

같이 있을때는 모르다가도 없을땐 허전한 그런 느낌, 혹시 주변에 그런 사람이 있지는 않으세요? 만약에 그렇다면 놓치지 마세요. 순간적인 사랑에 치우치기보다는 지속적인 사랑에 애정과 관심을 쏟기를……

2003년 11월 18일 러브리걸 임은희 올림.

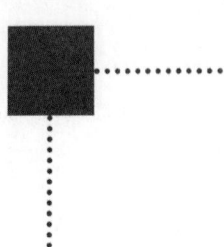

18 + 23 = 6

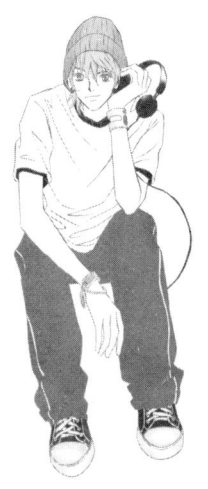

그놈과 나의 사랑은 6살입니다.
아장아장 기어다닐 때도 훨씬 지나
이제는 제법 뛰어다니기까지 하는 6살입니다.
그런데 가끔은 6살이 두려울 때가 있습니다.
그 이유를 나는 아직도 잘 모르겠습니다.
아기는 한 살, 한 살 먹을 때마다 예쁘고 사랑스럽지만,
사랑은 한 살, 한 살 늘어날 때마다
어딘가 모르게 자꾸만 뒤를 돌아보게 됩니다.

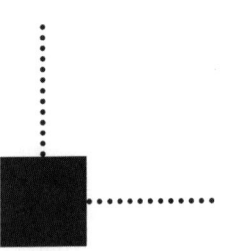

1장 나는 사회로, 녀석은 학교로

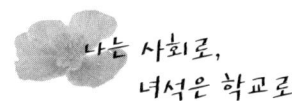
나는 사회로, 너석은 학교로

　대학을 졸업하고 회사에 들어온 지도 어언 1년. 매일 똑같은 업무와 반복되는 생활에 난 점점 지쳐 가고 있었다. 아침 일찍 일어나 부랴부랴 준비 후 통근 버스를 타고 8시 30분쯤 사무실 내 책상 앞에 도착해 숨 한번 돌리기가 무섭게 열심히 장부 정리를 해 나간다. 쳇! 처음 이 회사에 들어왔을 때 나의 멋진 사명감은 어디다 버려 버린 것인지. 내 옆 자리에 앉은 영신 언니 말로는 원래 3개월, 6개월, 1년, 3년 단위로 회사 다니기 싫은 귀차니즘 현상이 일어난다고 한다. 헛! 내게도 벌써 그런 때가 온 것이란 말인가. 쾅쾅!! 주먹으로 책상을 내려쳤다. 제길.

시계를 보니 벌써 10시다. 나는 수화기를 들고 익숙한 전화번호를 아주 빠른 속도로 눌렀다. 들려오는 벨소리는 야인시대의 주제곡이었다.

[나는 야인이 될 거야~ 🎵]

쳇, 야인은 무슨. 제대 후 자신도 한때 멋진 군인이었다는 자부심에 이렇게 가끔 야인이 될 것이라는 둥 헛소리를 해대는 내 남자 친구, 이름하여 강.준.성. 이놈과 사귄 지도 벌써 횟수로 6년이 되어간다. 6년간 사귀면서 녀석이 나를 속 썩이거나 힘들게 한 적은 별로 없었다. 언제나 깊은 배려로 나를 행복하게 만들어주었던 녀석이기도 하다.

그런데 이놈이 왜 이렇게 전화를 받지 않는 거야? 익숙한 번호라서 아주 빠른 속도로 눌렀다지만 세 번이나 전화를 건 나는 녀석의 기어들어 가는 목소리를 듣자마자 미친 듯이 소리를 질렀다.

"야! 너 죽을래? 지금이 몇 신 줄 알아? 너 오늘부터 복학이라 학교 가야 하잖아!! 안 일어나?! 엉?! 어제 또 몇 시까지 놀았냐? 이운균이랑 박준영도 나한테 죽었어! 어쭈? 대답도 안 하지? 야, 내 목소리가 자장가로 들리냐! 강준성!!"

끝내는 분에 못 이겨 자리에서 벌떡 일어나자 깜짝 놀란 영신 언니가 내 자리로 뛰어왔다. 언니, 나 오늘 말리지 마!

"강… 으… 강준성!!"

[지지배야, 듣고 있어. 소리 좀 그만 질러. 귀청 떨어지겠다.]

놈의 목소리를 듣고 나서야 폭발할 듯했던 가슴이 조금은 가라앉았다.

"일어나."

[몇 시야?]

"10시."

[응, 학교 가야지.]

"혹시 준영이 어디 있는지 알아? 어제 집에 안 들어왔는데."

[우리 집.]

그럼 그렇다. 박준영 이놈이 갈 데가 강준성 집밖에 더 있겠는가. 거기에 또라이 이운균까지 합세해서 아주 진을 치며 자고 있겠지.

"니들 오늘 복학하는 날이니까 얼른 일어나서 씻고 학교 가. 첫날부터 지각하지 말란 말이야."

[네, 준희 마마님, 알았습니다.]

"또 자면 니들 셋 다 죽을 줄 알아."

[네, 어련하시겠어요.]

"죽을래?"

[알았어. 나 지금 일어났다, 준희야.]

녀석과의 전화를 끊은 나는 냅다 후배 지선이에게로 전화를 걸었다. 믿을 곳은 이제 후배들밖에 없다.

2학년인 지선이는 준성이를 전설적인 소문으로만 들어봤을 뿐

직접적으로 알지 못한다. 지선이가 신입생으로 들어오던 해에 강준성은 철원에서 열심히 훈련을 받고 있었다. 그렇다. 이야기를 조금 보태어보자면 이러했다. 나와 준성이, 운균이가 J대로 들어왔던 그 해, J대는 일대 파란을 불러일으키며 곳곳에서 강준성을 보러 우리 과로 찾아왔다. 처음에는 어이가 없었다. 고등학교 때만으로는 모자란 듯 대학에 와서까지 이러니 화도 나고 질투도 난 것은 사실이었다. 내게는 내 남자 친구 강준성뿐이었지만 다른 여자 아이들한테는 일명 킹카였던 것이다. 준성이는 학교를 고작 두 달 다닌 후 한 학기도 마치지 않은 채 휴학을 했지만, 그 짧은 기간 동안 J대 여자 아이들은 가슴을 송두리째 그에게 빼앗기고 만 것이다. 일명 'J킹'. 그것이 J대에서 강준성을 부르는 호칭이었다. 그런 'J킹'이 3년 만에 1학년으로 복학을 하니 그 모습은 가히 상상을 하지 않아도 눈앞에 훤하게 보였다. 끙.

[준희 언니, 오늘 J킹 복학하는 날이지?]

"J킹이라고 하지 마. 듣기도 싫다. 이제 일어났으니 곧 학교 가겠지 뭐."

[아하하! 지금 애들이 난리야, 난리! 매번 사진 좀 보여달라고 해도 보여주지도 않고, 면회 갈 때 같이 가자고 해도 데려가지도 않고 그렇게 몰래몰래 보더니 이제는 어쩌나? 호호호.]

"조용히 좀 할래?"

[아휴~ 언니, 걱정 마! 내가 남자애들 쫙 풀어놨으니까 형부 딴

짓 하는지 안 하는지 감시 후 곧바로 일러받칠게!!]

"그으~래, 너만 믿겠다. 박지선!"

지선이와의 전화를 끊은 나는 내 책상에 놓여져 있는 놈과 함께 찍은 사진을 보았다. 며칠 전에 같이 찍은 이미지 사진이었다. 짧던 스포츠 머리는 어느새 길어 놈의 얼굴을 한층 살려주었고, 살짝 그을렸던 피부도 어찌나 손질을 해대던지 이제는 보기 좋게 뽀얀 피부로 변해 있었다. 어찌 된 것이 놈은 시간이 가면 갈수록 얼굴에 귀공자 자태가 줄줄 흘렀다. 인정하기 싫지만 어쩔 수 없는 명백한 사실이었다. 나도 간혹 놈을 보다가 놀랄 때가 있다. 어쩜 저렇게 잘생겼을까 하는……. 므흐흐흐. 내 남자 친구이지만 정말 멋있단 말이야. 그래서 실은 아무한테도 보여주고 싶지 않다. 나 혼자서만 녀석을 보고 싶다.

"준희 씨, 이번 달 정산 어서 가지고 와봐."

"네, 부장님."

아침부터 또 한소리 먹겠군, 휴. 어제까지 부리나케 작성한 이번 달 정산 자료를 가지고 부장 앞에 섰다. 부장은 역시 보자마자 긴 연설을 해댄다. 아휴, 이 세상에서 둘째가라면 서러운 잔소리꾼! 잔소리를 실컷 들은 나는 힘없이 자리로 돌아왔다.

"부장한테 왜 욕먹은 거야?"

"이번 달도 적자인가 보지. 그러니까 괜히 문서 작성한 게 지저분하니, 뭐니 하면서 트집 잡는 거지. 아주 미치겠네."

"준희야, 너 영업부에 미스 최 알지?"

"아, 나랑 동갑인 애?"

"응. 걔 말야!"

"걔가 뭐?"

"걔가 나이트에서 부킹해서 알게 된 남자가 있었대, 작년부터 말이야. 그런데 그 남자가 알고 봤더니 갑부 집 막내 아들이란다."

"어머머, 그래서?"

"그래서는 이번 달에 결혼한단다!"

"허억, 진짜?"

"죽이지 않냐? 그 남자가 렉스턴 차도 뽑아주고 금반지니, 뭐니 해가면서 미스 최 잡으려고 안달이래. 걔가 오죽 예쁘니? 몸매도 죽이지! 어휴~ 부럽다, 부러워. 나도 말 나온 김에 오늘 나이트나 가볼까?"

"아서. 오버는 금물이야."

쳇, 대단하군. 렉스턴 차가 얼마나 비싼데 그걸 사주다니. 미쳤어. 빠져도 단단히 빠졌나 보네. 그 남자 낳고 미역국 드신 어머니가 가엾군. 흥이다, 흥!

"준희야, 너는 사귄 지 얼마나 됐지?"

"횟수로 6년."

"이야~ 죽인다. 아니, 그럼 몇 살 때부터 사귄 거야?"

"18살."

"하하하, 죽음이다, 얘."

"별 게 다 죽음이요."

"근데 너희는 그 흔한 커플링 같은 것도 없냐? 6년이면 할 때도 되지 않았냐?"

"그 인간이 군대 있어서 그랬지 이제 할 거야. 걱정 마세요."

"흐흐흐."

반지는 무슨 반지. 그 자식이 돈이 어디 있다고. 지 입에 술 넣기에도 바빠 죽겠는데 무슨 반지겠어, 반지는. 하긴 나도 아직 필요없고. 눈에 보이는 게 전부인가? 사랑이 전부지! 음하하하.

오전 내내 부장님이 수정하라고 지시하신 문서를 고치느라 바빠서 너무 정신이 없던 와중에 드디어 기다리고 기다리던 지선이에게 연락이 왔다. 문자였다.

[헉! 언니, 이 정도일 줄은 몰랐어. 죽음이야. 우리 과 애들 미쳤어. 수습 못해.]

[왜? 그놈이 쇼하든?]

[아니, 한마디도 안 해. 그런데도 멋있어.]

[걔 원래 낯 가려. 조금만 친해져 봐. 지 세상인 줄 알고 날뛸 거다.]

[그런데 박준영은 누구야?]

[내 동생.]

[아악! 언니, 정말 부럽다! 최고야, 학교 다닐 맛 이제 난다. 언니, 고마워.]

나는 지선이의 말에 지금이라도 학교에 달려가고 싶은 충동을 허벅지까지 미치도록 꼬집으며 참아야 했다.
회사를 마치고 나의 걸음은 역시나 놈의 집으로 향했다. 놈의 집은 예상대로 지저분한 게 돼지우리가 따로 없었다. 고등학교 때는 잘 치우고 살더니 요즘은 아주 개판이다. 나도 미쳤지, 놈이 뭐가 이쁘다고 이 집을 깨끗하게 치우고 있으니. 허, 박준희, 드디어 미쳤구나.
"으하하!! 대장, 거기 못 서!!"
"잡아봐라."
들려오는 차마 듣고 싶지 않은 유치한 싸움들. 분명히 강준성과 이운균이다. 23살인 이운균은 어쩐지 18살 이운균보다 더 멍청하고, 유치하고, 또라이 같다. 제대 후 일주일 동안인가, 정상적인 생활을 하는가 했더니 곧바로 예전의 그 모습을 버리지 못하고 주접의 세계로 돌아가 보는 이들로 하여금 안타까움을 선사했던 장본인 이.운.균. 최고의 주접.
"오호, 마누라~ 신랑 기다리고 있었던 거야?"
"집이 개판이더구나."
강준성 너, 누가 옷을 그 따위로 쌔끈하게 입고 가랬니? 맞아야

쓰겠구나.

"오호~ 첩, 뭐 하고 있었어?"

운균이가 내게로 달려오며 말했다. 아직도 준성이를 향한 미련을 버리지 못한 채 내게 첩이라 부르고 있었다.

"널 보면 예은이가 가여울 뿐이다."

"가엾긴! 걔는 나 만나서 호강하는 거야. 그렇게 망아지 같은 애를 나같이 사랑해 주는 남자가 또 어디 있겠냐?"

"아하하, 망아지 같은 애? 야, 그건 너지! 예은이는 귀엽기라도 하지 넌 대체 뭐냐? 이제 징글을 벗어서 재수없어 죽겠다."

"와하하! 박준희 너, 내가 대장이랑 매일 같이 있다고 질투하는 거구나? 맞지? 아휴, 준희야, 왜 아직도 미련을 못 버려~ 버려줘, 제발."

"닥쳐!"

"와하하, 할 말 없으면 여전해 닥치래. 닭이 어디 있다고."

"이야, 여전히 할 말 없으면 유치 모드로 돌입하는구나, 이운균."

역시 나도 병이다. 운균이 놈만 보면 왜 이렇게도 유치해지는 건지. 하여튼 운균이 놈이랑은 단 5분이라도 말하면 똑같아져서 큰일이다.

"이운균, 싸가지는 어디 갔냐?"

"민이가 교문 앞에서 기다리고 있다가 잽싸게 끌고 갔어."

"오호~ 한민이 요즘 회사도 그만뒀겠다, 아주 난리구나."
"민이는 무서워! 눈에 불똥이 들어 있었다니까."
"어, 그래, 그랬겠지. 이운균 눈에 불똥이 보일 만도 하겠지."
"흥."
운균이 놈과의 대화를 마친 나는 최고의 실력을 총동원해 식탁을 차렸고, 놈들에게 따뜻한 저녁을 먹게 했다. 준성이 놈은 든든했는지 다 먹곤 곧 쓰러져 잤고, 운균이 놈만이 설거지하는 내 옆으로 와 잠시도 쉬지 않고 재잘재잘 떠들어댔다. 이렇게 말 많은 놈이 어떻게 2년 2개월 동안 군대에서 잠자코 있었는지 최고의 의문이다.
"준희야, 너 어떡할래?"
"뭘?"
"과 애들이 오늘 난리났더라. 매점 갈 때도 졸졸 따라오고."
"누구야?!"
역시 나의 감출 수 없는 본연의 성질이 나오고야 말았다.
"앗! 깜짝이야. 소리는 왜 질러."
"야, 이운균, 우리 타협하자."
"웬 타협?!"
"강준성을 지켜라."
"우리 준성이야 내가 늘 지키지."
"헛소리 작작하고, 나 진심이란 말이야."

"헛. 나도 진심이야. 너 왜 그래?"

"죄송하다. 역시 너랑 대화를 나누려던 내가 멍청이었다. 참으로 죄송하다!"

"으하하하."

나도 참 미련맞다. 어떻게 운균이 같은 놈과 동맹 맺으려는 생각을 하다니. 쯧쯧, 요새 회사 생활이 힘든 게 맞았어. 그러니까 이렇게 말도 안 되는 짓을 하려고 했지. 역시 지선이한테 부탁하는 것이 제일 낫겠어. 놈은 침대에서 자고 있었다. 설거지를 다 한 나는 자고 있는 놈의 곁으로 가 툭툭 쳐보기도 하고 괜한 심술을 피우기도 하지만 어쩐지 일어 날 기미가 보이지 않는다.

놈이 잠에서 깬 것은 세 시간 정도가 지난 후였다. 부스스한 모습으로 일어나 게슴츠레한 눈으로 날 보더니,

"배고파, 준희야."

이런다. 그러자 언제부터인지 몰라도 조용하다 싶어 봤더니 자고 있던 이운균마저도 부스스 일어나서,

"진심이야. 뱃가죽이랑 등이 붙어버렸어."

이랬다. 참 어이없는 순간이다.

"야, 이운균! 너 아까 두 그릇이나 먹더니 뭐가 벌써 뱃가죽이랑 등이 붙었다는 거야? 우습다. 네 배엔 거지 삼형제라도 들어 있냐?"

"아니, 오형제야."

"말을 말지."

"큭큭. 오형제래. 하하. 이운균, 너 진짜 머리 은근히 비상하다? 멋져!"

"대장, 진심이지? 난 역시 대장밖에 없다니까~ 대장, 사랑해!!"

"넌 조금 전까지가 낫다. 꼭 이렇게 뒤에 가서 재수없어진다니까."

이운균한테 박수 쳐줄 것이 있다면 언제나 늘 저렇게 욕을 먹으면서도 강준성 옆에서 절대로 헤어나올 생각을 하지 않는다는 것이다. 정말 대단한 인간이다.

"이운균, 20일은 이제 일주일밖에 남지 않았다."

"잘 안 들려, 준희야."

"이번에도 도망만 다녀봐. 어떻게 망가지나 꼭 가르쳐 주마."

나에겐 오래된 친구들이 있다. 모두 준성이 녀석을 만나고 알게 된 친구들이다. 그리고 거기에 운균이의 여자 친구 예은이까지 합세되어 우리는 모두 9명이다. 우리 9명은 적금 형식으로 매달 통장에 십만 원씩 넣고 있었다. 모두 27살이 되는 해에—예은이는 25살이겠지만—적립해 놓은 통장을 파괴시킨 다음 그 돈으로 식당을 차리기로 약속했다. 그것이 우리가 18살 잊지 못하는 해 겨울이었다. 모두들 꾸준히 돈을 보내고 있었지만… 그렇다, 모두 짐작했듯이 최고의 말썽쟁이 이운균만 벌써 세 달째 돈을 넣지 않고 있었다. 장작 30만 원이다!! 거기에 이번 달까지 40만 원! 난 알고 있다. 저 인간이 술을 마시고, 옷을 사는 것에 모든 돈을 미친 듯이 쓰고 있다는 것을 말이다. 난 그저 저 인간을 잡을 날만 기다리고 있을 뿐이다.

"오호~ 이 가방 봐라. 루이비통 아니야? 허허, 보기에 좀 나가 보이는데 이거 팔면 적금은 넣을 수 있겠군."

나는 운균이가 메고 온 가방을 집어 들었다. 그러자 침대에서 소파 있는 곳까지 운균이가 날아왔다.

"준희야!!"

"왜?"

"그… 그거… 좋은 거야."

"알아. 그래서 집은 거야."

"여, 역시 우리 준희가 보는 눈이 있다니까."

"암, 그렇지. 내가 보는 눈이 있지? 요즘에 옥션 보니까 이런 것 사고팔고 하더라. 사이트에나 올려놓을까 보다. 그럼 내가 너한테 돈 달라고 닦달하지 않아도 되니 너도 편하고 나도 편하고, 꿩 먹고 알 먹고, 일석이조네? 오케이!"

"준희야, 얼마면 돼?"

"우선 30만원."

"좋아, 내일 바로 입금시킨다!"

"그래, 좋아! 입금시킬 때까진 이 가방 내에게 압수!!"

"아악!!"

이운균, 기억해라. 뛰는 놈 위에 나는 놈 있다는 것을. 네가 아무리 짧은 다리로 미친 듯이 뛰어봤자, 나는 긴 다리로 내 머리 위에서 날고 있다는 것을 잊지 말아라. 흥!

준성이가 샤워를 하고 나왔다.

"운균이는?"

"조금 전에 밥 먹고 갔어."

"가방은 정말 안 줬어?"

"당연하지."

"큭큭. 하여튼 너랑 운균이는 어릴 때도 그러더니만 지금도 대단해."

"어릴 때?"

"그럼 18살이 어릴 때지. 뭐냐?"

"쳇, 웃겨 정말. 그때는 어른이라고 빠득빠득 우기더만."

"다 그런 거지 뭐."

가끔은 준성이가 마치 딴 사람 같을 때가 있다. 요새는 저 녀석이 철이 든 것인지 가끔 어울리지도 않는 말을 하곤 한다. 그러나 진실일지는 과연 의문이다. 흠.

"나 갈게."

"바래다줄게."

준성이와 함께 버스 정류장까지 왔다. 아침에 영신이 언니가 말하던 커플링이 자꾸만 생각난다. 반지 하자고 할까? 아니야, 여자

체면에 먼저 말하면 쓰나. 적어도 남자가 하자거나 선물을 해야지. 기다리자, 박준희!

"야! 너 또 밖에 나가서 술만 마셔봐!"

"안 마셔!"

"쳇. 너 어제도 그랬어! 엊그제도 그랬고! 그그그 전날에도 그랬어!"

"뭘 그래."

"술 안 마신다고 말야! 그래 놓고선 새벽까지 퍼마셨잖아."

"남자의 일이란 항상 모르는 거야. 무슨 일이 닥칠지는 아무도 모르지."

"허. 웃기시네."

"버스 온다. 어서 타."

"술 마시지 마!!"

"알았다니까."

준성이는 내가 탄 버스가 없어질 때까지 버스 정류장에 서서 내게 손을 흔들어주었다. 저런 준성이의 모습을 보면 우린 아직까지도 변함없이 늘 사랑한다. 나도, 그리고 놈 또한. 그래서 가끔은 나도 모르게 준성이의 존재에 대해 항상이라는 의미를 부여할 때가 생긴다. 마치 버릇처럼.

"일 처리 똑바로 못하겠어!!"

역시 아침부터 대머리 부장님의 잔소리는 시작되었다. 정말 환장할 노릇이다. 부장님께선 요즘 들어 회사 관두고 싶은 내 마음에 점점 불을 지르고 계셨다. 그것도 아주 활활, 몹시도 활활.

"죄송합니다."

"다시 해와!"

"네."

휴우, 아무리 해도 해도 부장님 마음에 안 드는 일인 것을 나더러 어찌하란 말인가. 답답할 노릇이다.

"준희야, 커피 마시러 가자."

그래도 이럴 때 영신 언니가 곁에 있어서 다행이다. 영신 언니마저도 없었다면 난 아마 부장님의 등살에 못 이겨 회사를 뛰쳐나갔을지도 모르는 일이었다.

"하여튼 부장님은 아무도 못 말려."

"그러게. 고달프다."

"힘내, 준희야. 너한테만 그러는 것도 아닌데 뭘."

"아휴, 언니, 나 정말 짜증나 죽겠어."

"알아, 알아. 남자 친구는?"

"강준성? 전화 없는 것 보니까 자고 있는 게 분명해."

"학교는?"

"몰라. 그 인간 어제 또 술 마시러 나갔을 게 뻔해."

"큭큭. 그냥 둬. 제대도 했겠다 얼마나 하고 싶은 것이 많겠니?

군대에 있는 동안은 술도 못 마시고, 담배도 맘대로 피우지도 못 했을 텐데. 그러다 말겠지 뭐."

"언니, 아무리 오래된 사이라지만 준성이한텐 회사 때문에 힘 들다는 말을 못하겠어."

"하긴 그렇겠다. 준성이는 대학생이고, 아직 사회에 대해서 모 를 테니. 준희 네가 힘들다고 하면 알아듣기는 해도 이해는 못하 겠지."

"응. 그래서 요샌 아무런 말도 안 해. 괜히 말해 봤자 부장님과 면담하겠다고 길길이 날뛰면서 회사로 찾아오기나 할걸."

"하하하. 정말 못 말려."

사실이다. 녀석은 아직 학생이다, 사회 경험이 하나도 없는 학 생. 사회가 얼마나 힘들고 어려운지 부딪쳐 보지도 못한 녀석이 다. 이럴 때 보면 녀석과 거리감이 느껴질 때도 있었다.

"답답할 텐데 어디라도 놀러가자고 해봐. 바람이라도 쐬고 오 면 좀 나아지지 않겠어? 매일같이 부장한테 들들 볶이는데. 니가 고생이다, 고생이야."

"차가 있어야 가지. 버스 타고 돌아다니라고? 그게 더 힘들어. 스트레스 더 받겠다."

11시가 넘도록 전화도 없었다. 할 수 없이 놈에게로 전화를 했 다.

[…으… 응.]

역시 술 마신 것이 분명했다.

"미쳤지?"

[몇 시야?]

"11시."

[헉. 늦었다.]

"준성아, 우리 이번 주에 어디……."

[준희야, 있다가 다시 전화할게!!]

에휴, 내 팔자에 무슨 바람이냐, 바람은. 그냥 집에서 맘 편하게 있어야지. 너무 큰 꿈이었어, 박준희.

점심 시간이 지나고 민이에게서 전화가 왔다.

[준희야, 어제 준영이 또 술 마신 것 있지! 나 오늘 또 학교 앞으로 갈 생각이야. 너도 같이 가자!]

"진정해, 민이야."

[안 돼! 어떻게 일주일 내내 술이야? 어제도 속 쓰려 죽겠다더니 또 나간 것 있지. 안 되겠어. 꽁꽁 묶어놔야겠어.]

"헉. 민이야, 무서워."

[갈 거야, 말 거야!!]

"아, 알았어. 가면 될 것 아니야."

[좋아! 내가 5시까지 너네 회사 앞으로 차 끌고 갈게. 바로 튀어나와!]

"응."

무서워진 고단수의 한민이. 하지만 민이가 아무리 고단수여도 박준영은 천하무적이란 것을 우리는 모두 안다. 아무도 박준영은 막을 수가 없다. 고등학교 시절, 그렇게도 민이를 울리더니 지금까지도 울리는 데에는 도사다. 거의 신의 수준이다.

5시가 되자 민이의 빨간색 마티즈가 회사 앞에 서 있었고, 나는 부장님의 따가운 눈초리를 받으며 정각 5시에 회사를 빠져 나왔다.

"민이야!"

"좋아. 이제부터 시속 120이다!"

"꺄악!"

폭주를 하는 민이는 굉장히 무시무시했다. 어찌하였든 그 먼 거리를 20분 만에 왔으니 말 다 한 셈이었다. 민이 몰래 흐르는 식은 땀을 닦고 조용히 놈을 기다렸다. 졸업하고 오랜만에 온 학교는 다시 다니고 싶은 충동을 일으키게 만들었다. 나도 녀석이랑 같이 대학 다니고 싶었다고! 그놈의 영장만 나오지 않았어도 오붓하게 C.C가 되어 모든 이의 부러움을 한몸에 받으며 영광의 졸업장을 따고 나왔을 텐데. 정말 아쉬운 생각이 물밀듯이 든다.

한참 후 드디어 이운균 포착! 그리고……

"뭐, 뭐야?"

강준성과 박준영을 둘러싼 수많은 나와 민이의 적들. 그곳에는 그토록 믿고 있었던 후배 지선이마저 껴 있었으니 나의 분노는 극에 달하고 말았다. 나의 분노가 폭발할 때쯤 준성이는 여자 아이들을 피해서 걸음을 멈췄다. 그리고 그때 울리는 나의 전화. 놈에게서의 전화였다. 아무렇지도 않은 듯 일단 전화는 받았다.

"응."

[나, 오늘 신입생 환영회 있어서 집에 늦게 가.]

"흐응~ 그러서?"

[흥이라니~ 서방님한테 못 쓰는 말이 없어, 아주.]

"흐응~"

[엇! 박준희!!]

놈이 민이의 차에 있는 나를 발견했다. 나를 발견하고는 저만치서 뛰어왔다.

"뭐야? 언제 왔어?"

"방금."

"민이, 오랜만이다."

"그래, 오랜만이야. 술 좀 작작 마셔."

"좀 봐주라. 우리가 나이는 이래도 1학년 신입이잖냐. 선배들이 부르는데 어쩌냐. 가야지 별수있어?"

"그래도 일주일 내내 술이라니 너무 심하잖아."

드디어 박준영 등장. 나와 준성이 놈이 횟수로 6년이듯이 저 아이들도 횟수로 6년. 다만 개월상 나와 준성이가 3개월 정도는 빨리 사귀었다.

"야, 한민이."

범상치 않은 눈초리로 민이를 불렀다.

"너 미저리냐?"

"뭣?? 미, 미저리?!"

"어제도 끌고 가더니 오늘도 끌고 가려고 왔냐?"

"누, 누가 끌고 갔다는 거야?"

"네 덕분에 망신살 뻗힌 걸 생각하면 내가 아주! 얼른 잔말 말고 준희랑 집에 가라. 엉? 나 오늘 신입생 환영회 하니까 또 술 마신다."

창문을 열고 준성이 놈과 이야기를 나누고 있던 찰나 갑자기 차는 엑셀을 밟으며 움직이기 시작했다.

"앗. 앗! 민이야?!"

박준영 저 자식이 일 낼 줄 알았지. 어쩐지 말을 정있게 한다 했어. 어쩜 저렇게 정나미 뚝뚝 떨어지게 말을 할 수가 있는지 모르겠다.

"야, 강준성! 너 술 조금만 마셔라!"

"준희야, 같이 가자! 민이야, 준희는 보내줘!!"

준성이 놈의 외침. 하지만 민이는 멈출 생각을 하지 않았다.

"민이야! 준희를 줘!!"

"민이 씨, 우리 대장의 첩을 주세요!!"

멍청한 이운균까지 소리쳐 보았지만 민이는 간다. 어쨌거나 오늘 민이와 진하게 술 한잔해야 할 분위기다. 민이의 차를 타고 쌩쌩 달려온 곳은 다름 아닌 지영이의 회사 앞. 나와 민이의 가장 친한 친구 신지영.

"어머! 너희들, 어쩐 일이야?"
"민이 머리끝까지 폭발 예정."
"하하. 뭐야? 또 준영이랑 한바탕했어?"

여기서 '또' 란… 그렇다. 최근 들어 준영이와 민이는 자주 싸웠다. 사실 싸운다고 하는 것도 조금은 무리다. 민이가 일방적으로 화를 냈다가 끝은 삐치는 것이 다다. 준영이 녀석은 그런 민이의 몸부림에 끝까지 아랑곳하지 않는다. 그 점이 민이를 더욱 화나게 만드는 것이었다. 자유분방한 남자 박준영과 하나에만 집착하고 하나에만 목숨 거는 여자 한민이.

"왜? 오늘은 또 왜 싸운 건데?"
지영이가 술 한 잔을 비우며 민이에게 묻는다.
"넌 좋겠다. 힘들었던 만큼 지금은 태민이가 정말 잘해주잖아."
"어디 나만 힘들었나? 너도 준영이랑 사귀기 전에는 힘들었고, 준희랑 준성이는 사귀면서까지 힘들었지 뭐."
"그래도… 준영이가 태민이 반만이라도 닮았으면 소원이 없겠어."
"어랍쇼?"

"나보고 뭐라는 줄 알아? 미저리래. 자기 여자 친구보고 미저리라고 하는 게 어디 보통 일이야? 나는 다 자기를 위해서 그러는 건데 미저리가 뭐야, 미저리가……."

"하하하. 박준영이 미저리라고 했어?"

어처구니없는지 웃으며 내게 묻는 지영이에게 난 고개를 끄덕이며 긍정했다.

"아니, 도대체 왜?"

"이 자식들이 복학하더니 신입생이라고 일주일 내내 술을 마셨거든. 그래서 민이가 준영이가 하도 걱정되니까 어제 애 데리러 학교까지 찾아갔대. 근데 오늘 또 오니까 그러더라구."

"어휴, 한민이, 너무 그러지 마. 그냥 둬. 그렇게 여자가 남자한테 시시콜콜 그러는 것도 보기 안 좋아."

"난 걱정된단 말이야. 매일 전화하면 술에 젖어 있고, 그러면서 속 쓰려서 밥도 제대로 못 먹고. 만나자고 하면 약속있다며 말아버리고… 난 대체 뭐야? 여자 친구 맞아? 요즘은 너무 오래되어서 준영이가 내 존재를 잊어버린 것 같단 말이야. 이러다가 영영 잊어버리면 어떡해? 난 이제 준영이가 없으면 안 되는데… 난 준영이 없으면 나 아무것도 못해."

6년이 지난 지금 민이는 준영이가 아니면 안 될 만큼 자신의 사랑에 간절해졌다. 어쩌면 민이의 성격상 당연한 일인지도 모른다. 언제나 한 가지에 빠지면 헤어나오지 못하는 민이, 대학 시절 그렇게 많은 남자들의 사귀자는 권유, 남자 친구가 군대에 가 있는 건 어떻게 알고 끝없이 작업 들어왔던 선배와 후배들을 물리치고 준영이만을 기다린 해바라기 같은 사람이었다.

"이 모든 원인 제공자는 박준영 놈이야. 민이야, 걱정 마! 내가 오늘 무슨 수를 써서라도 박준영 새끼를 때려잡고 말겠어!"

호프집에서 자신있게 소리를 치며 집으로 향했다. 나와 준영이 놈의 집으로 말이다. 5년 내내 수원에서 큰 대리점을 하셨던 부모님은 크게 성공하셔서 시골로 이사를 가셨다. 전원 주택을 짓고 논, 밭에 상추를 심으며 두 분이서 오붓하게 사시겠다고 떠나셨다. 그것이 벌써 어언 1년이 넘어가고 있다. 하필이면 충북으로 가실 게 뭐람. 이 근처에도 얼마나 멋진 전원 주택 있는데. 그럼 같이 살고 얼마나 좋아?

지금 시각은 12시. 집으로 가자 준영이 놈이 대자로 뻗은 채 거실에서 자고 있었다. 오호, 일찍 오셨구만. 12시라니 기적적이군. 준영이의 옆에서 울리고 있는 전화벨. 민이인 줄 알고 받은 수화기 너머로 낯선 목소리가 흘러나왔다.

[준영아, 집이야? 잘 들어갔어? 여보세요? 준영아!]

생전 들어보지 못한 여자애의 목소리. 순간 민이의 얼굴이 번뜩 생각났다.

"너 누구니?"

[어머, 준영이 핸드폰 아니에요?]

"어머, 맞아요."

[누구세요?]

"어머, 그러는 너는 누구시냐구요."

[저 학교 친군데요.]

"박준희 죽을래. 전화기 내놔."

언제 정신을 차린 건지 준영이는 내게서 핸드폰을 빼앗았다.

"누구야? 아, 민정이냐?"

준영이 옆으로 바짝 붙어 핸드폰에서 흘러나오는 목소리에 귀 기울였다.

[방금 전화 받은 여자 누구야? 혹시 그 미저리 같다던 여자 친구?]

"누나야, 우리 누나."

[아, 집에는 잘 들어갔니? 술 많이 마시던데.]

"괜찮아. 나 씻어야겠다. 내일 보자."

의외로 전화는 짧게 끝났다. 그런데 미저리 같다던 여자 친구라니? 이 나쁜 놈. 벌써 사람들한테 그렇게 말하고 다닌 거야?

"야, 박준영."

"왜."

"너 민이한테 그러면 안 되지."

"뭐가?"

"미저리라니, 민이만큼 너한테 애정 쏟는 애가 또 어디 있어?"

"시끄러워."

"너 요새 이상하다."

"난 준성이 형이 아니다. 준성이 형이 너한테 하는 걸 비교하면서 이상하다고 하지 마. 난 죽어도 형처럼은 못해. 아니, 안 해."

변한 것이 있다면 준영이 놈은 어쩐지 요즘 민이를 피한다는 것, 그것이다. 제대 후에 급격히 변한 것이다. 민이가 걱정이 많아서 준영이를 조금은 귀찮게 하고 있다는 건 알지만 그래도 요즘은 걱정이 된다. 준영이가 폭탄선언을 할까 봐서 사실은 두렵다.

준영이가 샤워하는 동안 놈의 핸드폰 문자 메시지를 확인하기 시작했다. 이 행위는 목숨을 걸고 하는 것이다. 친구를 위한 박준영의 마음 알아보기! 쿵쾅쿵쾅. 으앗, 가슴이 폭발 위기!

[준영아, 사랑해. 내 마음 알지?]

수신자는 유민정. 그 아이였다, 방금 전 전화를 걸었던 그 민정이라는 아이. 역시 이상한 예감은 적중하고야 말았다. 민정이란 아이의 문자를 무려 20개였다. 민이가 보낸 몇 개의 메시지를 빼고는 모두 민정에게서 온 문자였다.

[그 미저리 언니랑 헤어져. 의부증 같다. 무서워. 나한테 오라니까. *^^*]

빠드득. 휴대폰을 갈아먹고 싶은 충동이 생겼지만 굳게 닫아버렸다. 역시 박준영 저 녀석에게 마음의 변화가 오고 있었던 것이야. 어떡하지? 어떡하면 좋지? 하지만 당분간은 민이한테 비밀이다. 절대로 비밀! 이걸 알면 민이는 실신해 버릴 것이야.

나는 다음날이 되어도 민이에게 단 한 번도 연락없이 휑하니 집을 나서는 박준영을 보고선 한숨만 늘어나 버렸다. 내가 상상하는 일이 없기를 바랄 뿐이다.

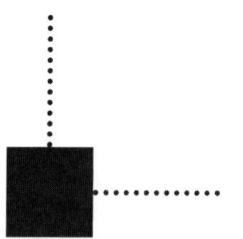

2장 국제적인 스타
강준성

점심 시간이 끝나고 영신 언니와 휴게실에서 수다를 떨 때였다. 이운균 놈에게서 의미 모를 문자가 하나 왔다.

[역시 나의 대장은 국제적인 스타야. 준희 바보.]

운균이 놈의 신경질나는 문자였다. 국제적인 스타라니? 도대체 무슨 말을 하는 건지 모르겠다. 어느새 운균이 놈은 '우리'에서 '나의'로 바뀌고 있었다. 난 점점 운균이가 두려울 뿐이다. 이러다가 정말 강준성과 결혼하겠다고 날뛸까 봐 말이다. 그렇다면 나와 예은이는 어찌 되는 것인가? 앗! 아니지. 내가 잠시 미쳤나 보다. 역시 운균이 생각은 길게 하면 안 돼. 그럼 나까지 이상한 사람이 되어가는 것 같단 말이지. 흠흠.

자리로 돌아와 업무를 시작하기 전에 인터넷 뱅킹으로 통장 잔액을 확인하곤 너무 기쁜 나머지 소리를 질러 버렸다.

"와—!!"

하하하!! 이운균 이놈이 이번 달까지 40만 원을 모두 입금시켜 놓았다. 와! 이 자식, 많이 컸네. 역시 그 문제의 가방이 큰 역할을 했군. 얼마나 비싸길래 이러지? 앞으로 종종 애용을 해줘야겠다. 킥킥.

그로부터 딱 이 주일이 지났다. 운균이 놈이 내게 준성이가 국제적인 스타라고 했던 말을 난 영원히 잊어버린 채 지내고 있던 중이었다.

"두부 한 모만 주세요."

회사가 끝나고 준성이 놈의 집에 가는 길에 두부를 샀다. 오늘은 녀석이 좋아하는 된장찌개나 맛있게 끓여줘야겠다. 아니다, 나온 김에 장이나 다 보고 가야겠다. 어제 보니까 냉장고가 텅텅 비어 있었다. 아무래도 이 인간은 술 마시는 데 돈을 다 써버리는 것 같았다. 술이 웬수야, 웬수!

이것저것 사고 보니 십만 원이 후딱 넘어버렸다. 역시 돈은 쓸

게 못 돼. 쳇. 그리고 아무리 생각해 봐도 나같이 마음씨 예쁘고 착한 애는 처음이다. 음하하! 오버는 금물이라고 했었는데.

준성이네 집에 도착하니 옆집에는 이삿짐을 나르느라 한창이다. 새로 이사를 왔나 보다. 혼자 사는 사람인가? 설마 여자는 아니겠지? 혼자 사는 준성이기에 옆집에는 여자가 없기를 바란다. 알 수 없는 호기심에 몰래 옆집을 탐색하기 시작했다.

살금살금. 살금살금.

나의 이런 호기심에 나조차도 어이가 없었지만, 하여튼 누가 사는지는 꼭 확인해 봐야겠단 맘에 창 너머로 집 안을 들여다보았다. 거실에는 입이 쫙 벌어질 만큼 고급스러운 소파가 놓여져 있었다. 하나, 무엇보다 나를 놀래킨 것은 다름 아닌 TV였다. 프로젝션 TV. 꿈도 못 꿔볼 그런 TV가 거실에 떡하니 놓여져 있었다. 이사 온 사람이 부자인가 봐. 바로 그때,

"Who are you?"

나를 부른 것은 황금색 커트머리 여자.

"헉."

"헉?"

나의 놀람을 따라하는 여자. 사태 수습하자. 박준희, 정신 차려!!

"Sorry! very sorry!!"

그래, 이 정도면 나의 엄청 미안한 마음이 그녀에게도 잘 전달

되었으리라 생각한다. 아니, 믿어 의심치 않는다. 믿고 싶다. 그런데 왜 지금 내 모습이 이운균의 모습과 어쩜 그리도 겹쳐 보이는 것인지 눈앞이 캄캄할 뿐이다. 나는 무안함과 창피함에 그곳을 빠져나가려 했다.

"멈춰!"

하지만 이미 사태 수습불가.

"와~ 한국말 하실 줄 아셨군요?"

난 정말 이운균이다. 이런 망할!!

"여기에선 보이 프랜드를 낭군님이라고 한다며?"

"네??"

"낭군님! 낭군님 말이야. 맞아?"

"그, 글쎄요. 때에 따라선 그렇게 쓰기도 하겠지요 뭐……."

이 여자가 쓸데없이 왜 낭군을 찾고 난리야. 무안해 죽겠구만.

"난 우리 낭군님 보러 이 먼 나라로 유학을 왔어."

"아, 그러셨군요. 당신의 낭군님은 무척 좋으시겠어요. 부디 해피한 사랑을 나누시길 진심으로 바래요. 그럼 전 이만."

오늘의 발언은 이운균과 매우 흡사했다. 그 자식이 이 자리에 없음을 하늘에 감사할 뿐이다. 진심이다. 촐싹이가 함께 했다면 난 매일같이 지겹도록 놀림을 받았을 것이다. 어찌나 뻘쭘하던지 어색하게 웃으며 그곳에서 탈출을 했다. 복도 저편에서 천천히 걸어오고 있는 준성이와 운균이. 너희들 오늘 정말 반갑다.

"준…….."

하지만 내가 강준성을 부르기도 전에 내 뒤에서 그 외국인 여자가 무척 큰 소리를 질러댔다.

"낭군!! Oh! my 낭군!!"

설마요. 정말 설마라고 믿고 싶군요. 설마겠지요. 설마이길 바래요. 그렇지만!! 내가 그렇게 생각하기도 전에 외국 여자는 강준성에게로 가서 대롱대롱 매달려 있고 난 후였다. 그제야 비로소 일주일 전 촐싹이 놈의 이상했던 문자가 번뜩 기억이 났다. 난 그들을 추격했다.

"꺄악!! 준성, 나야! 나 미란다!! 알지? 응? 알지?"

뭐? 미란다? 너 지금 음료수 이름 말하는 거냐? 미란다 음료수 같은 지지배! 너 대체 뭐야!!

사건은 지금부터였다.

"준성, 보고 싶었어. 음."

아악!! 미란다라는 아이는 준성이의 목을 껴안더니 그것도 모자라서 키스를 퍼부었다. 요즘 들어 나도 드물었던 키스를… 불끈 달아오르게 하는 키스를 그 미란다 음료수 같은 지지배가 놈에게 퍼붓고 있었다. 놀라서 눈이 휘둥그레진 강준성과 이운균. 그리고 부르르 떨고 있는 나 박준희.

"아, 뭐야!"

놈이 미란다를 밀쳐 내지 않으면 난 평생 저주했을지도 모른다.

"낭군, 보고 싶었어! 보고 싶었어! 집에 가서도 네 얼굴밖에 떠오르지 않았어. 진심이야. 그래서 바로 허락받고 한국으로 온 거야."

저따위로 한국말을 잘하는 줄 알았으면 난 후.아.유에 그렇게 겁먹지 않았을 것이다. 비굴하게 쏘리, 베리 쏘리도 하지 않았을 것이다. 젠장!

"아~ 준성, 너무 좋아."

놈에게 팔짱을 끼는 미란다. 성질을 버럭 내는 놈. 웃고 있는 이운균. 홍당무보다 더 빨개진 흥분녀 박준희. 준성이는 내 앞으로 뚜벅뚜벅 걸어왔다. 그리곤,

"분명히 내가 키스한 것 아니다."

"뭐?"

"나중에 화내지 마. 내가 원해서 한 것 아니야."

"뭐어?"

"난 절대로 입 움직이지 않았다."

"누가 물어봤어?!"

하지만 은근히 기분이 좋아지고 있었다.

"야! 나 준성이야! 지금 뭐 하는 짓이야? 엉? 애를 이렇게 한국으로 보내도 되는 거야? 나랑 지금 한판 붙자는 거야? 엉? 뭐? 무

슨 책임을 지라는 거야! 너 정말 미쳤어?"

집에 들어온 준성이는 몹시도 흥분한 채 미국에 있는 사촌과 통화 중이었다. 이마에 핏대가 서는 것으로 보아서 무척이나 흥분해 있었다. 좋아서 어쩔 줄 모르는 미란다. 때는 이때다. 촐싹이의 멱살을 잡았다. 나의 추궁은 이제부터다.

"바른 대로 말해."

"뭘??"

"이 주 전 문자에 대해서 말이다."

"무슨 문자?"

"알면서도 모르는 척하다가 맞고선 후회하지 말자, 이운균!"

"진정 난 모르겠어!"

"국제적인 스타! 강준성보고 국제적인 스타라고 한 것 말이다! 그거 미란다 때문에 한 소리였어?"

"응응!!"

몹시도 광분하는 촐싹.

"그럼 일주일 전에 미란다랑 놀았다는 말이야?! 엉?!"

"일주일 전에 미란다랑 외국에 사는 준성이 사촌이랑… 너 알잖아, 정유미!"

"그래, 안다, 아주 잘!!"

"한국에 놀러와서 하루 같이 놀았는데… 미란다는 다시 왔네."

"미란다가 준성이한테 설마 반했니?"

"반했냐구?"

"그래!"

"아니."

"그럼?"

"미쳤어."

촐싹이의 말에 나는 기겁을 하고야 말았다.

"하나만 더 묻자."

"뭔데?"

"혹시 미란다한테 낭군님을 가르쳐 준 사람 너냐?"

"당근이지! 난 제가 머리가 저렇게 비상한 줄 몰랐어. 한번 가르쳐 줬더니 그대로 준성이한테 써먹네!"

"잡아먹고 싶은 놈."

잡아먹어도 시원찮을 촐싹이. 절대로 흥분이 가라앉지 않고 있다. 강준성 네 이놈. 고등학교 때 수많은 여자애들 때문에 내 속을 썩이더니만. 정말 잊고 싶은 인물!! 윤강연을 생각하면 아직도 난 흥분해서 어쩔 줄을 모르겠는데 그 아이에 모자라서 이번에 국제적으로 논다 이거지?

"뭐?! 미란다가 우리 옆집으로 이사 왔다구!! 미친 거야? 난 엄연히 박준희가 있어! 박준희만 있으면 됐지, 더 이상은 필요없다구!"

내 귓가에 솔솔 들어오는 녀석의 말. 기분이 몹시도 좋아지고 있었다.

"박준희만 있으면 됐지. 더 이상은 필요없다구!"

으헤헤, 기분이 좋도다.
"좋아할 필요 없어. 너같이 악독한 첩이 한 명만 있음 됐지 또 있음 나의 대장 피곤해서 어떻게 버텨."
"사라져 버려. 썩!"
내게 낼름 혀를 보인 운균인 한층 업된 마음으로 미란다와 얘기하고 있었다. 너 조금 있다가 보자. 죽을 줄 알아!
"미국에는 나처럼 귀엽고 깜찍한 남자애들 없지?"
"호호, 내가 살고 있는 곳의 남자 아이들은 거의 덩치가 좋아."
"그렇지? 내가 미국에 가면 인기 폭발할 것 같지 않아?"
"응, 그럴지도 몰라."
"이야, 미란다 너, 보기보다 머리 회전도 빠르고 사람 보는 눈도 높다! 멋진걸?"
멍청하긴… 너 보고 인기 좋을 것 같다는 사람의 머리가 정상이라고 생각하는 거냐? 정상인의 머리에선 절대로 그런 대답이 나오지 않는단다.
미란다는 굉장히 키도 컸고, 쭉쭉빵빵이었다. 한마디로 남자들이라면 절로 시선이 돌아갈 만한 미인이었다.

"그런데 저 여자 아이는 누구야?"

미란다는 나를 가리키며 운균이에게 물었다. 다행이다. 내가 지네 집에 들어가서 구경했던 건 말하지 않고 있다. 이상한 첫 만남은 잊어주기를 바랄 뿐이었다.

"아하~"

흠흠. 이운균 너 제대로 말 안 하면 죽을 줄 알아. 나는 운균이에게 주먹을 보이며 제대로 하란 표시를 취했다.

"준성이의 본처라고 할 수 있지."

아무래도 나의 주먹의 효과는 대단했다. 촐싹이가 어쩐 일로 나를 매우 잘 설명하고 있었다. 하하하.

"본처? 운, 본처가 뭐야?"

키키. 미란다는 균이라는 발음을 못해서 운균이를 운! 이라고 짧게 불렀다. 흥! 바보.

"에잇! 그것도 몰라? 본처. 그러니까 너희 나라 말로 와이프!"

"와이프?"

"예스!"

되지도 않는 영어 하느라 무진장 애쓰는 이운균. 너도 사는 게 괴롭겠어.

"말도 안 돼! 그럼 우리 준성이가 결혼했다는 소리야? 응? 그것도 저렇게 멸치 같은 여자랑?"

허억! 멸치? 멸치! 지금 저 노란 머리애가 나보고, 이 잘 빠진 몸매의 소유자인 나보고 멸치라고 했어? 진실인 거야?!

"결혼을 한 건 아니고, 나중에 결혼할 거란 소리지."

"아, 그럼 걸 프랜드?"

"오케이!"

운균이의 말에 나를 보며 미소 짓는 미란다. 절대로 달갑지 않은 미소였다. 다 필요없어, 이젠!

"나도 보이 프랜드 있는걸 뭐. 괜찮아."

"어? 미란다도 남자 친구 있어?"

"응."

"이야, 멋진걸?"

"하지만 헤어지자는 말 남기고 한국으로 왔어."

"진짜? 왜?"

"나는 준성과 함께 있을 거야."

더 이상은 참을 수가 없어! 미란다인지 뭔지 하는 저 계집을 내가 당장 미국행 비행기에다 실어 보내고 말 테다.

"야, 이운균, 너 이리 와봐."

베란다에서 전화를 걸고 있던 준성이가 운균이를 불렀다. 운균이가 베란다로 나가자 집 안에는 나와 미란다 단둘뿐이었다. 좋아! 일 대 일 깔끔하고 좋다 이거야! 미란다 저 계집이 당당한 기세만큼이나 내 기세도 지칠 줄 몰랐다.

"너 박준희지?"

허억!! 놀랍게도 미란다는 나의 이름을 알고 있었다. 앉아 있던 미란다가 내 앞으로 다가왔다. 활짝 웃으며 내 앞으로 선 미란다는 내 키보다 커서 나를 더욱 열받게 만들었다.

"그래, 내가 박준희다."

"실제로 보니 얼굴은 봐줄 만은 한데 몸매는 영 형편없다?"

"뭐라고?"

"너무 말랐어. 우리 할아버지가 말하는 대로 표현하자면 멸치 같아."

부들부들.

참을 인을 세 번도 넘게 그었는데 도대체 왜 이렇게 화가 나는 거야! 참을 인 세 개면 살인도 면한다더니 순 거짓말인가 봐.

"살던 곳에서 쭈욱 살지 먼 한국까지는 무슨 일이야?"

"무슨 일이긴, 보면 모르니? 준성이 옆에서 살기 위해 온 거야."

"하, 너 정말 생각하면 생각할수록 되게 뻔뻔하다?"

"우리 할아버지가 그랬어, 가지고 싶은 것 앞에서는 뻔뻔해야 한다고."

"아, 그래? 그런데 누가 너한테 준다고 했니? 떡 줄 사람은 생각도 안 하는데 김칫국부터 마시면 곤란해."

그래, 좋아! 아주 좋아! 박준희 이 기세로 밀고 나가자고! 아싸!

"너한테 떡 달라고 한 적 없는데?"

"뭐?"

"그리고 나는 떡 무지 싫어해. 거기다가 김치라면 딱 질색이야. 그러니까 주지 않아도 돼."

이럴 수가! 이렇게 쉽게 무너지다니! 미란다, 저 음료수 같은 계집!! 절대로 절대로 지지 않겠어! 이제부터 시작이야.

준성이가 잔뜩 구겨진 인상으로 집 안으로 들어왔다. 미란다는 준성이를 보자마자 달려들었고, 준성이는 미란다는 뿌리치며 내 쪽으로 왔다. 아싸.

"어떻게 됐어?"

"미란다네 할아버지가 한국에서 살아도 된다고 허락했대."

"진짜?"

"응. 집까지 얻었으니 나는 할 말이 없는 거지."

"정말이야? 그럼 저 아이 너랑 같이 지내는 거야?"

"왜 같이 지내?! 미란다는 엄연히 집이 있는데."

"옆집이잖아!"

"미란다 집이지, 내 집이야? 상관하지 않으면 되지."

"난 싫어!!"

광분하는 나를 운균이가 쳐다보곤 좋아라 웃고 있었다. 웃지 마. 나는 지금 심각해서 머리가 다 터질 지경이야.

"도대체 너 미란다한테 뭐라고 콧바람 훌훌 날렸길래 제가 여기까지 왔어!! 어서 이실직고해!"

"무슨 소리 하는 거야. 무슨 콧바람!! 나는 그냥 앉아서 인상 쓰고 있었던 죄밖에는 없었어! 그런데 쟤 혼자서 실실 날뛰잖아. 그땐 그냥 재미로 그런다고 생각했는데 이렇게 한국까지 올 줄 누가 알았겠어."

"미란다 쟤 너 좋아하는 것 맞지? 그치?"

"글쎄다."

"죽을래? 어서 사실대로 말해."

"아무래도 그런 것 같아."

"망할 놈아! 도대체 어떻게 행동을 했으면 그 먼 미국 땅에 사는 여자를 꼬셔오는 거야! 응? 너 미쳤지? 그치?"

흥분하는 나를 보며 준성이 이놈은 웃었다.

"너 지금 웃음이 나오냐?"

"오랜만에 기분이 무지 좋다? 박준희가 질투를 다 하네."

"흥!"

준성이는 내 머리를 쓰다듬으며 걱정 말라고 했다. 하지만 그래도 걱정이 되는 건 어쩔 수 없는 사실이었다. 정말 걱정된다.

"준성, 유미가 뭐라고 해?"

"미란다 네가 한국에서 사는 건 말리지는 않아. 하지만 적어도 나한테 피해는 주지 마."

"준성……."

아싸. 강준성의 싸가지없는 모습이 오늘따라 왜 이렇게 반갑게 느껴지는지 모르겠다. 그래, 좋아! 너의 그 싸가지없는 모습으로 미란다에게서 정을 떼어내렴. 얼른 미국으로 가버릴 수 있도록 더욱더 강렬하게!

"준성, 나 여기 친구 없잖아. 힘들단 말이야. 나랑 친구조차 하기가 그렇게도 싫은 거야?"

왕방울만한 미란다의 호수 같은 눈동자에서 출렁이는 눈물을 본 사람이라면 아마도 쉽게 성질을 내지 못할 것이다. 제길, 준성이는 미란다의 말에 나를 먼저 쳐다보았고, 나는 어쩔 수 없이 고개를 끄덕였다.

"하여튼 피해는 주지 마. 애 보이지?"

준성이가 날 가리켰다.

"내 여자 친구야, 사귄 지 6년이나 된 사람. 그동안 우린 좋은 만남을 유지해 왔어. 너 때문에 준희에게 오해 같은 것 받고 싶지 않아. 알겠어?"

"…응. 걱정 마, 준성, 그리고 준희."

저놈은 6년이 지나도 멋있어서 탈이다.

눈물을 글썽이며 미란다는 집으로 돌아갔고, 난 준성과 운균에게 저녁을 먹인 후 집에 가기 위해 일어섰다.

"강준성, 미란다 집에는 얼씬도 하지 마!"

"쿡쿡."

"웃지 말고 대답하란 말이야!!"

"걱정돼?"

"당연하지! 이 상황에서 걱정하지 않을 여자가 어디 있어!"

"그럼 너도 내 집에서 살면 되잖아. 너랑 나랑 매일 같이 있고, 어때?"

"웃기지 마세요. 난 내 집에서 살아요."

"걱정 마. 미란다 집에 들어가면 내가 이운균 동생 할게."

"알았어. 네가 그 정도로 네 자신을 비하시킨다니 정말 믿어야겠구나."

준성이의 다짐이 저 정도일 줄이야. 정말 진심이겠구나. 믿어야겠는걸.

"뭐야, 대장? 정말 내 동생 하는 거야?"

"절대 그런 일이 없을 것을 증명하는 말이었어, 이운균."

"흥."

"준성아, 들어가 봐. 나는 촐싹이랑 갈게."

"왜? 바래다줄게."

"아냐, 됐어. 촐싹이랑 할 말도 있고 둘이 가지 뭐."

"알았어. 이운균, 너 준희 집 앞까지 꼭 바래다줘야 한다!"

"오케이."

준성이에게 손을 흔들며 집을 나오긴 했지만 그래도 안심이 되지 않는 것은 사실이었다. 나를 보며 자꾸만 미소 짓는 미란다의 표정을 머리에서 떨쳐 버릴 수가 없었다. 미란다! 나의 최대 강적이었다. 6년 전 윤강연보다 더욱 강한 최대의 강적. 미스터리 인물 미.란.다.

"준희야, 걱정돼?"

집으로 돌아오는 길에 운균이가 걱정스런 눈빛으로 나에게 말을 걸어왔다.

"응."

"걱정하지 마. 준성이 마음은 너밖에 없다는 거 이 세상 사람들이라면 모두가 다 아는 사실인데, 미란다 혼자 그러는 거니까 걱정 마."

허억, 저 주접이 웬일로 이렇게 진지하게 나를 위로하려는 게지? 믿을 수 없다. 진정 믿을 수 없는 주접의 새로운 모습이다. 내가 믿을 수 없다는 듯 쳐다봤더니 주접은 안 어울리게 쑥스러운 듯 몸을 베베 꼰다. 왜 이러지?

"준희~"

"왜?"

"나 저거 먹고 싶은데~"

운균이가 가리킨 것은 새로 생긴 햄버거 전문점이었다. 그럼 그렇지. 네가 웬일로 나한테 좋은 소리를 하나 했다. 원인은 햄버거였군.

"자, 먹어."

"넌 정말 안 먹을 거야?"

"먹을 생각이 전혀 없다."

"한마디로 입맛이 없는 거구나?"

"그래."

"벌써 임신한 거야? 애 아빠는 누구야?"

"너 죽을래?"

"아잉."

제발 헛소리 좀 하지 않았으면 좋겠다라고 생각했지만 운균이 헛소리의 행진은 지칠 줄을 몰랐다. 정말 못 말린다. 운균이가 헛소리를 해대며 햄버거를 먹는 동안 난 곰곰이 생각해 보았다. 어떻게 하면 미란다를 조금 더 일찍 미국으로 보낼 수가 있을까 하는… 어떻게? 음, 아악! 어떻게 된 일이지? 왜 아무것도 생각이 나지 않는 거지?

"아악!!"

"준희야, 머리 털 빠지겠어. 무서워."

이런, 너무 흥분한 나머지 머리를 잡고 흔들었나 보다. 운균이 앞에서 이런 모습을 보이다니 최대 오점이다. 저 인간 앞에서는 최대한 약점이 안 잡혀야 현명한 것인데.

"얼른 집에 들어가. 그리고 햄버거 무지 맛있었어."

"그래, 집에 조심해서 잘 가."

"응. 준희~ 집에 가서는 머리 그렇게 하지 마. 정말 무서웠거든. 안녕."

이것 봐. 역시 난 약점을 잡히고야 말았어. 제길.
집으로 들어왔다. 가슴이 답답하다. 휴…….

새벽 6시! 이 이른 시간에 내가 일어난 이유는 다름 아닌 아침부터 놈의 집에 가기 위해서이다. 아무래도 내 두 눈으로 확인을 해야 직성이 풀릴 것만 같다. 놈이 몇 년 전 내게 준 빌라 열쇠를 들고 7번 버스를 탔다. 혹시 미란다 그 음료수가 뭔 핑계를 대고 놈의 집에서 잤을지도 모른다. 예를 들어 '준성, 나 무서워' 라는 귀신 씨나락 까먹는 소리라던지 말이다. 기다려라, 미란다.

후닥닥.

7시! 내 생애에 이렇게 일찍부터 남의 집에 오기는 처음이다. 문을 따고 집 안으로 들어갔다. 아직도 자고 있나? 그런데 나의 가슴을 덜컹하게 만드는 소리.

"아… 아…….”

가만, 이게 무슨 소리야? 분명 여자의 목소리로 보아서 미란다 그 계집일 텐데… 역시! 역시 나의 예상이 맞았어! 저 음료수가 역시 핑계를 대며 놈의 집으로 온 것이야! 네 이년!!

"아… 준아… 하…….”

분명히 욕실에서 나고 있는 소리였다. 분명! 분명히 미란다의 소리였다. 그것도 굉장히 거친 숨소리.

"아… 준… 준.”

준? 준? 준이라면 강준성? 갑자기 온몸이 싸해지면서 감정 수습이 안 되었다. 이것들이 욕실 안에서 도대체 무슨 짓을 하고 있는 거야? 강준성 너 이 자식! 아무리 쭉쭉빵빵 섹시미가 좋다고 하기로서니 나와 굳게 맹세한 지가 얼마나 됐다고 벌써부터 배신을!! 점점 차가워지고 있는 나의 손. 강준성 이 나쁜 새끼!

"아······."

절대로 둘 다 용서 못해! 오늘 모든 것을 아작 내버리고 말 거야! 나는 있는 힘을 다해 욕실의 문을 잡고 열었다. 그리고 있는 힘을 다해 고함을 내질렀다.

"야! 이것들아!!"

욕실의 문을 엶과 동시에 어이없는 표정으로 변해 버린 나.

"어, 준희야, 아침부터 무슨 일이야? 너 마침 잘 왔다. 이리 와서 미란다 손가락 좀 빼봐."

민망했다. 그것도 엄청 크게 소리를 질렀는데… 거기에 또 엄청 야한 생각까지 한 내가 너무나도 창피해서 얼굴이 화끈거렸다. 이젠 인정해야겠다. 난 6년 만에 이운균과 똑같아졌다는 것을 말이다. 난 숨길 수 없는 이운균의 친구가 되어버린 것이다. 빌어먹을!

미란다의 손가락 하나가 세면대 옆 동그란 아주 작은 틈새에 껴서 나오지 않고 있었다.

"어쩌다가 이렇게 됐어?"

"그냥 이게 너무 궁금해서 뭔가 하고 손을 넣었는데 손가락이 나오질 않아."
"너 그런데 왜 준성이네 집에 있는 거야!!"
"잠이 안 와! 그래서 놀러왔다구!"
"준성이는 이 시간에 잔단 말이야!"
"아직 집에 TV가 안 나와서 보러온 거란 말이야!! 손 아파! 아파! 아프다구!!"

울상인 미란다의 얼굴은 어제보다 그래도 귀여웠다. 어제의 당당한 그 기세는 어디다가 갖다 버렸대?

"강준성, 비켜봐."

미란다의 손가락과 30분을 시름하다 결국에는 뺐다. 미란다의 길고 예쁜 손가락은 퉁퉁 부어올라 있었다. 무척이나 아파하는 미란다. 야한 생각을 했던 나는 너무나도 미안해져 약을 바르고 붕대를 감아주었다.

"하하하!! 박준희, 너의 상상력은 정말이지 끝내준다."

준성이 놈이 날 회사까지 바래다주고 있었다. 회사 가는 길에 잠시 착각했던 나의 오버된 생각을 얘기해 주자 강준성은 배를 잡고 까무러치려고 한다. 굳이 그렇게 하지 않아도 충분히 나 민망한데 어쩌자구 저따위로 미친 듯이 웃어대는 것인지. 얄미운 놈.

"도대체 어떻게 그런 생각을 하냐? 응? 아휴~ 이 못 말리는 아가씨야."

"됐어, 별의별 생각이 다 드는 걸 어쩌라고."

"쿡쿡. 너 어제부터 자꾸 귀여운 짓 한다?"

"뭐래."

준성이의 말로는 미란다 혼자서 새벽 내내 끙끙 앓았다고 한다. 결국에는 준성이가 잠이 깨서 욕실로 가보았더니 얼굴이 새파랗게 질려선 어쩔 줄을 몰라 했단다. 쿡쿡, 얼마나 아팠을까? 지친(?) 미란다는 지금쯤 집에서 쿨쿨대며 달콤한 꿈나라에 빠져 있겠지?

회사 앞에서 영신 언니를 만났다. 영신 언니는 내 옆의 서 있는 준성이 놈을 보자 연실 준성이 몰래 엄지손가락을 올리며 조용히 탄성을 지른다.

"수고해라."

"얼른 학교 가."

"알았어. 수고하세요."

"네. 조심해서 가세요~"

놈이 가자 영신 언니는 방방 뜨며 나보다 더 좋아했다.

"네 남자 친구 진짜 아무리 봐도 최고다."

"생긴 것만 멀쩡해."

"에이~ 좋으면서 아닌 척하기는."

"에헤~ 누가 아닌 척했어? 아니야, 저 인간 멋져! 멋지다구! 인정해! 인정한다구!"

"흥분하지 마. 너, 네 남자 친구가 인기 많아서 걱정이 많나 보구나?"

나도 모르게 흥분을 했다. 하여튼 준성인 예나 지금이나 날 불안케 하는 요소를 너무나도 많이 가지고 있었다.

회사가 끝나고 대학교 앞으로 갔다. 이유인즉 준성이가 오라고 해서였다. 그런데 학교 앞에 서 있는 또 다른 여인네 미란다.

"안녕, 준희."

쟤는 또 뭐야. 혹시 준성이 이놈이 부른 것은 아니겠지?

"웬일이야?"

"그냥 집에 있기 싫어서 준성이 마중 나왔지."

쳐다보기도 싫은 아이 미란다. 그래도 놈이 부르지는 않았군.

"어머, 준성?"

방방 뜨며 준성이를 또 안는다. 그래, 그게 미국 인사법이라고? 그래서 봐준다. 익숙해진 네 삶에 나처럼 지적인 아이가 참아줘야지 화를 내면 쓰겠니? 이운균 이 새끼는 어디 있어! 확 볼이나 꼬집어줄까 보다.

"준성, 나 오늘 심심해. 여기저기 구경 시켜줘."

"준희야, 뭐 하고 싶은 것 있어? 간만에 영화나 볼까?"

"그으래."

하는 수 없이 미란다와 함께 남문으로 나왔다. 준성이와 나의 가운데 쏙 끼어들어 팔짱을 낀 얄미운 음료수 계집 미란다. 이 아이는 정말이지 전혀 느껴지지 않는가 보다, 활활 타오르는 용광로 같은 너의 대한 나의 증오심을. 우리는 함께 새로 나온 공포 영화를 보기로 했다. 무슨 일이 있더라도 준성이 옆에서 영화를 보고야 말겠다. 준성이가 먼저 좌석으로 들어갔다. 내가 무조건 가운데다! 얼른 들어가야지. 그런데 내 뒤를 따라오던 미란다가……

"꺄악! 준희, 나 무서운 것 혼자 못 봐. 가운데 앉아서 보면 안 될까?"

그래, 인간 박준희. 이까짓 것에 쫀쫀하게 굴 사람이 아니다.

"그래, 먼저 들어가."

이 아이는 정말 모르는 것 같다, 활활 타오르다 못해 목구멍까지 뛰어나올 참인 너의 대한 나의 이 강렬한 증오심을.

영화를 보는 내내 어쩜 저렇게도 유치한지 혼자서 쳇쳇거려야 했다.

"꺄악! 준성, 나 너무 무서워! 꺄악!"

극장을 지가 혼자 전세를 냈다고 믿고 있는 것은 아닐까? 미친 듯이 고함을 지르는 미란다의 얼굴을 꼬집어서 뭉개 버리고 싶었다. 하지만 참았다. 나의 인내심은 대단했던 것이다.

"정말 무섭다."

"그렇게 무서웠냐? 극장이 떠나가라 소리 지르더라?"

"정말 무서웠어. 흑."

"헉, 미란다, 우냐?"

"몰라, 준성."

저, 저런 느끼한 계집 같으니라고! 몰라, 준성? 참나, 아주 가지가지 하고 있네!!

준성이는 화장실을 갔고 나와 미란다만 남아서 어색해하고 있었다.

"준희 여기 공중전화 어디 있어?"

"왜? 전화하게?"

"응."

"자, 내 거 써라."

"정말?"

"어."

휴대폰을 주자 잽싸게 받아 들고 신나게 전화하는 미란다. 가만 있자… 이상하다. 아악!! 그렇다, 미란다는 국제전화를 쓰고 있었던 것이다. 미쳤다. 정말 나는 돌아버린 것일까? 왜 미란다가 국제전화 쓸 것이라는 것을 잊었던 거지? 아악!!

"응, 공포 영화 봤는데 얼마나 유치한지 모르겠어."

저게 진정 아까 질질 짜고 울던 아이의 모습이란 말인가? 황당해서 미란다의 뒤통수를 째려봤다. 깔깔거리며 방금 전 본 공포 영화를 비웃는 미란다. 저것은 분명히 꼬리 300개를 감추고 있는 여우임이 틀림없었다.

"뭐 해?"

"유미! 이만 끊을게. 다음에 또 전화할게."

전화를 끊고 꼬리 300개 감춘 여우로 변신한 미란다. 너 정말 굉장하구나.

준성이네로 가는 내내 미란다의 얼굴만 유심히 쳐다봤다. 어쩜 저렇게도 준성이에게 살랑거리며 여우 짓을 떨고 있는 거지?

"꺄악! 준희!"

"너너너! 어디 있어! 응?"

나는 미란다의 치마를 들추며 찾기 시작했다. 감추고 있는 꼬리 300개를 말이다.

"준희, 왜 그래."

"이 여우같은 것아! 꼬리 어디 있냔 말이야!"

"아악!! 준희!!"

"하하하."

울상인 미란다. 미친 듯이 웃는 준성이 놈. 냅둬. 나 미란다 없어질 때까지만 이운균같이 되기로 작정했으니까. 갑자기 준성이가 나를 안더니 높이 올렸다.

"야, 미란다, 너 계속 한국에 있을래?"

이 새끼가 진정 제정신으로 내뱉는 거야? 미치지 않고서야 미란다보고 한국에 계속 있으라니?!

"준성, 정말?"

"응! 네가 한국에 있으면 우리 준희가 매일 이렇게 귀여운 짓만 할 것 같아. 하하하! 왜 이렇게 귀엽지? 미치겠다."

갑자기 민망해졌다. 준성이의 말에 시무룩해지는 미란다. 얘~ 준성이는 나밖에 없단다. 우리에게서 너는 결코 방해물이 될 수 없단다. 어서 미국으로 가주면 참 좋겠구나.

준성이네로 가는 길에 집에서 친척들이 왔다는 전화를 받은 난 집으로 돌아가야 했다.

"가기 싫은데……."

"친척들이 오는데 얼른 가야지."

"버스 온다. 준성아, 집에 가서 전화할게."

"응. 조심히 잘 가."

"응."

내 옆으로 다가오는 미란다. 뭐야, 인사라도 하려는 건가? 미란다는 내게 다가와 앙큼한 표정을 지으며 조용히 말했다.

"준성이는 잠들면 아무것도 모르더라? 나는 위험한 걸 즐기는 편인데. 안녕, 준희."

아악! 미란다, 너란 아이를 평생 저주한다!!

출근하자마자 난 영신 언니한테 미란다 그 계집애의 앙큼함에 대해 낱낱이 얘기하고 있었다. 영신 언니 또한 미란다의 앙큼함을 듣더니 나와 마찬가지로 흥분하기 시작했다. 역시 그 계집의 앙큼함에 대해 나만 흥분하는 것이 아니었어. 이로서 누구든지 다 흥분할 아이인 것이 증명된 셈이다.

"언니, 어떡하면 내쫓을 수 있을까?"

"글쎄… 그 지지배가 준성이네서 사는 것도 아니고, 옆집이니까 쫓아낼 수 있는 방법이 그리 많은 건 아니지."

"내 말이 그 말이야!"

"어쩜 좋아?"

"아무튼 내 반드시 머리를 굴려서라도 그 애를 떼어놓고 말겠어!!"

"준희야, 지금 니 표정 무지 살벌한 거 알아? 준성이가 보면 까무러치겠어. 하여튼 우리 나라 여자들의 질투심은 대단하다니까~ 킥킥."

일을 시작하기 전에 놈에게 전화를 걸었다. 잠이 덜 깬 녀석을 붙잡고 밤에 아무 일도 없었냐는 둥, 미란다가 또 놀러오지 않았냐는 둥 물었더니 아무 일도 없었다고 한다. 참으로 다행이었다. 하여튼 어젯밤 미란다의 마지막 말은 나를 무척이나 고민되게 만들었다.

퇴근하자마자 녀석의 집으로 향했다. 이제는 하도 와서 가끔은 이 집이 내 집같이 느껴질 때도 있다. 킥킥킥. 그런데 현관문 앞에 서 있는 미란다.

"어머, 준희, 안녕."

"그래, 안녕. 꼬리."

"꼬리?"

"그래, 꼬리."

"내가 왜 꼬리야?"

"여우니까."

"어머, 준희~ 왜 그래?"

"어머, 준희~ 왜 그래? 쳇, 저리 비켜. 나 들어갈 거야."

"준희, 준희는 내가 싫은 거야?"

"그럼 좋겠니?"

"난 싫은 것도 아니고, 좋은 것도 아닌데."

"어머~ 그래서 차암~ 좋겠구나! 아주 좋겠어!"

앞에서 깔짝대고 있는 미란다를 가볍게 밀쳐 내고 현관문을 열었다.

"어머, 준희! 준희는 준성네 집 키도 가지고 있어?"

"당연한 것 아니니? 우리가 보통 연인이어야 말이지!"

갑자기 조용해지는 미란다. 난 그때 알았다. 미란다를 어떻게 다루는지를 말이다. 미란다한테는 같이 톡톡 쏘면서 말하면 되는 것이다. 그럼 미란다는 금세 할 말을 잃어버린다. 그렇다면 나에게 이로운 셈이다. 톡톡 쏘는 것 하면 나 박준희니까! 으하하. 현관문을 열고 안으로 들어가는 찰나 난 미란다에게 일부로 한마디 더 건넸다.

"심심하겠다? 들어올래?"

마치 나의 집 같은 행동을 보여주었더니,
"아, 아니, 난 그냥 준성이 오면 놀러올게."
이런 반응을 보이네. 역시 이제야 알았다. 오늘은 처음부터 나의 승리다.

안으로 들어온 나는 미란다를 기죽게 만든 통쾌감에 소파에 앉아 승리의 노래를 불렀다. 이렇게 즐거울 수가 없도다. 한참 동안 기쁨을 만끽하다 녀석이 올 시간에 맞혀 저녁 준비를 했다. 이것저것 반찬을 만들어놓고, 찌개를 끓여놓았다. 하지만 미란다가 조용하니 그것도 왠지 이상했다. 조심스럽게 발걸음을 떼어 미란다네 쪽 벽으로 갔다. 그리고 또다시 조심스럽게 귀를 갖다 대어 분위기를 살피기 시작했다. 그런데⋯ 조용하다. 이 집 그렇게 방음장치가 잘되어 있나? 왜 이렇게 조용하지?

"거기서 뭐 해?"
녀석이다. 이런, 무척 창피함.
"어, 왔어? 밥 먹자!"
"뭐 하고 있었어?"
"뭐 하고 있긴, 그냥 귀가 간지러워서 귀 좀 긁고 있었어."
"큭. 준희 너 진짜 늘었어."
"뭐가?"
"주접이."
"헉!"

나도 그렇지 어쩌자고 귀가 간지러워서 귀 좀 긁고 있었다는 허무맹랑한 말을 내뱉은 것일까. 정말 창피해서 쥐구멍이라도 숨고 싶은 심정이었다. 녀석이 자꾸만 웃어대는 탓에 찌개를 엎을 뻔했다. 애써 정신을 가다듬고 녀석과 함께 저녁을 먹었다.

"준성아, 너 혹시 유민정이라는 애 알아?"

"민정이?"

아무래도 그 유민정이라는 아이가 걸린다. 무척이나.

"응. 알아, 몰라?"

"알지. 같은 과 앤데."

"너랑 같은 과야?"

"응."

이런, 맙소사. 그렇다면 준영이랑도 같은 과잖아. 그 애는 분명히 준영이한테 사랑한다는 말을 문자로 보냈었다. 그렇게까지 당당하게 말할 정도라면 준영이와도 꽤 두터운 친분이 있다는 말이다. 그렇게 당당하게 사랑한다고 말한 아이와 준영이가 연락하는 것을 보면 분명 싫지는 않다는 말이다. 박준영의 성격상 아무리 친구라도 그런 말을 내뱉으면 싫지 않은 이상 절대로 연락하지도 않고, 연락도 못하게 만들었을 것이다.

"그런데 니가 민정이를 어떻게 알아?"

"걔랑 준영이랑 친하지? 그치? 어느 정도야?"

"어… 어느 정도라니?"

순간 포착. 강준성의 오른쪽 눈 밑이 살짝 떨렸다. 이로서 저 인간이 뭔가를 알고 있는 것이 분명하다. 강준성 넌 오늘 나한테 딱 걸렸어.

"준성아, 그냥 좋은 말로 우리 대화하자."

"뭘??"

"어서 이실직고해."

"그나저나 준희야, 너 갈수록 음식 맛이 끝내주는 것 같다? 진짜 맛있어."

"네 이놈!!"

난 자리에서 벌떡 일어나 준성이 놈의 목을 잡고는 비틀기 시작했다. 이놈이 네 음식 솜씨 좋은 것은 예전부터 알고 있었으면서 괜히 딴소리야. 흠흠. 준성인 내가 목을 비틀자 갑자기 내 볼에 입을 맞춘다. 화들짝 놀라 녀석을 놓았다.

"뭐, 뭐야?"

"아니, 그냥 네가 앵겨오길래."

"허… 허……."

정말 세월이 많이 변했더니 가끔씩 이렇게 어이없게 만들어서 큰일이다. 내가 어이없어한다는 것을 알아차렸는지 준성이가 자꾸 내 눈치를 슬금슬금 보고 있다. 화난 표정을 짓자 준성이가 자신의 머리를 만지며 꽤나 고민스러워 보이는 표정을 지었다.

"넌 알지? 한민이는 박준영 하면 자다가도 벌떡 일어나는 애야.

6년 동안 단 한 번도 한눈판 적 없는 애란 것 누구보다 넌 알지? 그러니까 우리가 먼저 박준영을 잡아야 돼. 숨긴다고 해서 다 되는 게 아니란 말이야."

"준희야."

드디어 녀석이 입을 열었다.

"응, 말해."

"민정이가 준영이를 되게 좋아해."

"알아."

안다는 내 말에 녀석이 놀란다.

"어떻게 알았어?"

"준영이 문자를 봤는데 거기에 유민정 걔가 사랑한다는 문자를 보냈더라. 그래서 알게 됐어."

"그래?"

"걔네 둘 무슨 관계야?"

"아니야. 뭐 그렇다 할 관계는 아니야. 준영이 성격 알잖아. 민이 있으면서 양다리 걸치는 짓 할 놈은 아니지."

"그래, 그런 놈이 아니기를 바란다."

"그냥 잠깐 권태기를 느끼는 것 같아. 또 민이가 요즘 혼자서 막 상상하고, 꼬치꼬치 캐묻고, 전화도 수십 번씩 해서 어딘지 일일이 확인하니까 준영이가 미치려고 해."

"민이가 그렇게 된 건 박준영 그놈이 이상해지니까 그러는 거지. 민이는 얼마나 미치겠어? 6년 동안 사랑한 남자가 제대 후 달라진 행동을 보이는데!"

"흥분하지 마. 난 변하지 않잖아."

"누가 너 말했어! 당연히 변하지 말아야지. 변하면 넌 두 번 다신 이 세상의 빛을 볼 수가 없지!"

"아하하. 무서운 준희."

아무리 생각해 보아도 박준영 이놈 괘씸하다. 남자들은 다 그런단 말인가. 요즘 세상이 변해서 이젠 남자가 제대를 하면 기다렸던 여자를 뻥 찬다고 하던데 박준영이 그럴 놈이라고 믿고 싶지는 않지만 아무튼 걱정이 태산이다. 안 그래도 마음 약한 민이가 지금보다 더한 상처를 받을까 봐 두려워진다.

"이상하다."

"뭐가?"

"미란다가 조용해."

"그치? 이상하지?"

준성이 또한 미란다가 조용하자 이상했던 것이다. 벌써 꽤 많은 시간이 지난 것 같은데 이 아이가 뭐 하길래 이렇게나 조용하지?

"어디 나간 것 아니야?"

"한국에 아는 사람이 어디 있다고 나가. 나가지는 않았을 텐데······."

"걔 한국에 아는 사람이 한 명도 없어?"

"없지. 유미 따라서 놀러왔던 거였거든."

갑자기 미란다가 가엾게 느껴졌다. 아무리 나의 적이지만 아는 사람이 한 명도 없다니 낯선 한국 땅에서 얼마나 외로울까. 내가 너무 속 좁게 군 것은 아닐까 하는 생각이 스치는 순간 준성이네 집 벨이 울렸다.

"낭군! 낭군! 나야, 나~"

호랑이도 제 말 하면 온다더니 미란다다. 준성이와 난 피식 웃고 말았다. 미란다는 수많은 쇼핑백을 들고는 안으로 들어왔다. 아무래도 백화점을 다녀온 모양이다. 이런, 가엾다는 말 취소해야겠어. 저 아이는 어디에 내놔도 혼자서 천하무적으로 살 아이가 분명해. 그렇지 않고선 저렇게 태평할 수가 없지. 혼자서 어쩜 저렇게도 많은 옷들을 사 온 것인지 대단한 아이다.

"준성, 이 옷 예뻐? 한국 예쁜 옷 너무 많아. 마음에 드는 것 골랐어."

"엄청 많다. 우리 준희 하나만 줘라. 비싸 보이는데."

"어머, 그럴까? 준희, 하나 골라. 선물할게."

"필요없어!"

"어머, 준희도 은근히 자존심 강하네?"

"미란다, 은근히가 아니야. 자존심 하면 박준희야. 니가 몰라서 그렇지 장난 아니라니까. 내가 준희랑 사귀려고 얼마나 진땀을 뺐… 읍."

"강준성 씨, 조용히 하고 옷이나 구경하시죠."

어렸을 적 이야기를 또 하려고 하고 있다. 매일 입만 열었다 하면 저 얘기다. 18살 철모르던 시절 자기 속을 박박 긁었다면서 얘기를 한다. 하기사 그때 내가 준성이 녀석 속을 많이 썩였지. 많이 힘들게 했지. 하지만 나도 힘들고, 슬펐단 말이야. 흥.

"준성, 이거 선물이야."

미란다는 꽤나 고급스러워 보이는 티셔츠를 준성에게 주었다. 준성이는 미란다를 힐끔 보더니 이내 딴청을 한다. 역시 싸가지 근성은 버릴 수가 없나 보다. 웬만해선 남이 주는 것은 받지도 않는다. 저 인간 또 받기 싫어서 딴청을 피우는 것이 틀림없다.

"준성, 이거 받아!"

"나 옷 많다."

"누가 준성 옷 없다고 했어? 내가 주는 선물이라니까."

"괜찮아."

"준성, 정말 이럴 거야!!"

"한국에서 남자 친구 생기면 그 사람 줘. 난 준희가 사준 옷만 해도 한 트럭이야."

"흥!!"

삐친 미란다는 꺼내두었던 옷들을 모조리 종이 가방에 쑤셔놓고는 가겠다는 말도 없이 문을 쾅 닫고는 나갔다.

"강준성, 얼른 이리 와봐!!"

난 준성이에게 어서 내 옆으로 오라는 표시를 취했고, 이윽고 녀석이 옆으로 왔다. 난 재빨리 녀석의 양 볼에 뽀뽀를 하기 시작했다.

"너 이뻐! 너 오랜만에 이쁜 짓 했어! 어쩜 좋아!"

기분이 무척이나 상승되었다. 정말로 녀석이 이렇게 예쁠 수가 없다. 어쩌면 미란다는 너무 쉽게 미국으로 떠날지도 모르겠어.

"그렇게 좋아?"

준성 녀석이 웃으며 물었다.

"응, 최고야."

"넌 아직도 날 모른다."

"응?"

"……."

갑자기 조용해진 준성이. 뭐가 모른다는 걸까?

"난 절대로 흔들리지 않는 놈이야. 6년이 흘렀어도 내 마음은 6년 전 박준희 버스에서, 그것도 7번 버스에서 처음 보았을 때 그때랑 같다. 이렇게도 좋은 널 두고 내가 딴 사람 볼 시간이 어디 있냐. 넌 참 쓸데없는 걱정만 하고 산다, 바보같이."

오랜만에 날 눈물나게 만드는 준성이 놈.

"난 준희 너뿐이야."

"응, 나두."

"입으로는 거짓말할 수 있지만 심장은 거짓말 못해. 내가 하는 말 가끔 너한테 거짓말같이 들릴지도 모르지만 내 심장은 절대로 나한테도, 너한테도 거짓말 못한다. 자, 봐봐."

 내 손을 자신의 가슴 위로 올려놓는 준성이.

 "두근거리고 있지? 이렇게 만드는 사람 나한테는 박준희밖에 없다."

 "바보."

 "그러니까 심장은 거짓말 못해. 아무 걱정 하지 말아."

 "응. 나 이제 아무런 걱정 하지 않아."

ic # 3장 윤균이는 못말려

운균이는 못말려

    다음날 왠지 모를 힘이 생겨 회사로 가는 그 길이 매우 즐거웠다. 보기 싫은 부장을 봐야 하는 아침임에도 불구하고 즐거웠다. 아무래도 준성이 놈이 어제 해준 말 덕분인 것 같다.
    "안녕하세요."
    발랄한 나의 목소리가 사무실 안을 가득 메우고 보기 싫은 부장도 고개를 끄덕인다.
    "준희야!!"
    나보다 한층 즐거워 보이는 영신 언니. 왠지 모르게 들떠 있음이 내 눈에 포착되었다. 궁금해진 나는 영신 언니를 끌고 휴게실 안으로 들어갔다.

"무슨 일 있지?"

내 물음에 영신 언니의 눈동자가 반짝이고 있었다.

"나 어제 소개팅했다?"

"어머, 정말? 어떻게 알아서??"

"아는 언니가 소개시켜 줘서 했어."

"그래서 아침부터 입이 귀까지 찢어진 거였어?"

"완전 죽음이야, 죽음. 그런데 아쉬운 점이 있다면 대학생이야."

"대학생?"

"응."

"대학생이 뭐 어때서? 우리 준성이도 대학생이야."

대학생이 뭐 어떻다고 언니는 아쉽다고 하는 걸까?

"준희 넌 그런 생각 안 들어?"

"무슨 생각?"

"대학생이면 아직도 공부할 시간이 많이 남은 거잖아. 졸업하고, 사회에 뛰어들어 기반을 세우기까지 얼마나 많은 시간이 필요하겠어. 안 그래? 난 그때까지 기다릴 자신이 없지. 사회에 정착할 때까지 기다리다간 꼬부랑 할머니가 될걸. 역시 이래서 남자는 무조건 성공해야 돼."

"어머머, 언니가 뭐 그 남자랑 결혼이라도 할 거야? 한 번 만나놓고 너무 오버하는 것 아니야?"

"지지배야, 내가 연애하려고 만나니? 이젠 나도 좋은 사람 만나서 결혼하고 싶단 말이야."

"만나서 마음에 들면 결혼하면 되지!"

"사랑만 가지고 결혼이 되니?"

"어머, 그럼 뭐가 더 필요해?"

"어휴, 넌 겉만 번지르르하지, 속은 아직도 어린애구나? 속 빈 강정이 따로 없어."

"내가 얼마나 알찬데!"

"지금 이 언니가 아무리 떠들어봤자 넌 모를 거야. 나중에 언니 말이 틀린가 한번 봐라. 너도 점점 준성이한테서 지칠걸~"

"하하. 그런 일은 세상이 멸망해야 생길걸~"

"사랑만 가지곤 이 세상을 살 수가 없단다."

"피이."

언니와 아침 시간을 휴게실에서 다 보내고, 오전 내내 부장님이 시키는 일만 죽어라 했다. 언제쯤 저 부장에게서 벗어날 수가 있을까. 회사를 관두고 싶어도 관두면 너무나도 막막해진다. 고로, 난 저 악덕 부장에게서 벗어날 수가 없다. 흑흑.

준성이 녀석 보고 싶어 전화를 하니 대낮부터 술 마시고 있단다. 애네들은 아주 술독에 빠져서 사나 보다. 하긴 나도 대학교 다닐 때 술을 많이 마시긴 마셨지만 쳇! 솔직히 이 정도는 아니었다구! 간간이 여자 아이들의 목소리도 들렸다. 그나저나 준영이 녀석이 걱정이다. 준성이와의 전화를 끊고 민이에게로 전화를 걸었다.

"민이야. 나야!"

[응……]

풀이 죽은 민이의 목소리. 세상에.

"뭐 해? 자고 있었어?"

[아니, 한숨도 못 잤어.]

"뭐? 왜??"

[준희야.]

"응."

[보낼 줄 아는 것도 사랑이지?]

"뭣?!"

순간 가슴이 철렁했다. 혹시 그 유민정이라는 아이의 정체에 대해서 아는 것은 아닐까?

[히히. 그냥 헛소리 한번 해봤어. 보내긴 뭘 보내! 하하하. 준영이 술 마시고 있더라.]

"응. 그렇다더라."

[그래, 재미있게 놀겠지 뭐.]

"민이야, 괜찮은 거지?"

[그럼~ 괜찮지! 준희야 얼른 일해.]

편치 못한 마음으로 수화기를 내려놓았다. 민이가 말은 저렇게 하지만 그 가슴이 얼마나 찢어지고 있는지 나도 안다. 서로 알고는 있지만 모르는 척하고 있는 것뿐.

회사 일을 마치고 준성이네 집으로 향했다. 문을 열었더니 현관에 신발들이 수두룩하다. 혹시?!

"와, 준희 왔다! 애들아, 인사해. 준성이 여자 친구야."

얼굴에 취기가 싸악 올라온 운균이가 날 소개했고, 얼떨결에 그들 앞에서 인사를 했다. 준영이 녀석이 눈에 들어왔고, 그 옆에 바짝 붙어 앉아 있는 한 여자 아이가 눈에 들어왔다. 저 아이가 유민정이란 아이란 것을 한눈에 알 수 있었다. 나와 눈이 마주치자 씽긋 웃는 아이. 예상대로 생긴 것이 반반했다. 그런데 나를 더욱 어이없게 만드는 인물이 있었으니… 화장실 문이 열리며 나오는 미란다. 아니, 저 인간이 왜 여기에 있는 거지?

"어머, 준희 왔어? 일찍 왔네~"

"너……."

"나 심심해서 준성이네 놀러왔지. 자자, 애들아, 우리 또 한 잔 해야지~"

"그래, 미란다! 네가 없어서 너무 심심했어! 킥킥."

미란다는 내가 없는 사이 준성이네 과 친구들과 각별한 사이가 되어 있었다. 상당히 마음에 들지 않는 모습이었다.

"준희야, 이리 와."

준성이가 날 오라고 하자 옆에 앉아 있던 여자 아이들이 꺄르르 웃는다.

"준성 오빠는 여자 친구 되게 좋아해. 장난 아니야. 준영이 오빠랑은 전혀 딴판이라니까."

박준영 포착. 가만히 앉아서 술을 마시고 있고, 그 옆에는 별의별 신경을 다 써주며 예쁜 짓을 하고 있는 유민정이 있다. 더 화가 나는 것은 그런 유민정의 행동에 가만히 있는 박준영의 태도였다. 분명 저 인간의 저런 행동이 유민정을 더욱 부축이고 있는 것이다.

"준영아, 그만 마셔. 속 아프지도 않아?"

"괜찮아."

"안 좋은 것 같은데?"

그렇다. 내가 왔을 때까지만 해도 분위기는 이러했다. 하지만 한 시간이 지났을 때는 유민정과 박준영의 태도가 뒤바뀌어 있었다. 유민정은 술을 엄청 마셨는지 몸의 반을 준영이에게로 기대고 있었다. 신나게 떠들고 있는 운균이의 주접 소리에 흥이 나지 않는 걸로 보아서 나는 점점 박준영 저 인간에 대해서 화가 나고 있었다. 나의 극단적인 행동이 나온 것은 유민정이 아예 준영이를 안았을 때였다. 난 들고 있던 소주잔을 박준영한테로 부어버렸다. 순간 썰렁해진 분위기. 준영이가 날 노려봤고, 준성이가 날 잡았다.

"준희야."

준성이가 날 말렸다.

"박준영, 너란 인간에 대해서 오늘부로 완벽히 실망했다. 넌 남자도 아니다. 알았어? 그리고 너 유민정! 그 딴 행동은 다음부터 너희 둘이 있을 때나 해. 여기가 술집이야? 그리고 넌 위아래도 없어?! 나 준영이 누나야. 준영이 여자 친구가 내 절친한 친구고. 알겠니?"

너무 화가 나서 자리를 벅차고 뛰쳐나왔다. 운균이와 미란다가 나를 붙잡았지만 소용없었다. 박준영이 저런 인간일 줄은 정말 몰랐다. 내 동생이라는 것이 수치스러울 정도로 말이다.

"준희야!!"

준성이었다.

"그러고 가면 어떻게 해?"

"뭐가?"

"네가 그러고 가면 애들 마음이 편하겠어?"

"너도 나빠. 너도 다 알면서 같은 남자라고 박준영만 감싸고 있잖아."

"내가 언제……."

"지금 네 행동이 그런 거지 뭐야? 난 적어도 너라면 박준영이 저런 모습 보이고 있을 때 나처럼 흥분할 줄 알았어. 그런데 그동안 저 둘이 네 앞에서 얼마나 다정하게 굴었으면 저런 모습 보여도 아무렇지도 않은 듯 가만히 있어? 아주 당연하다는 듯이!"
"그래, 그건 내가 미안해. 잘못했어."
"됐어. 지금 한민이만 바보 되고 있는 거야."

"박준희."
준영이었다.
"너 오늘부터 집에 들어오지 마라. 알았냐? 유민정네서 살든지 아니면 준성이네 있든지, 그것도 아니면 엄마한테 전화해서 혼자 살게 돈이나 달라고 해라. 나는 너 같은 새끼랑 못살겠다."
"헤어지면 되지?"
쿵!!
마른하늘에 날벼락이 치듯 내 가슴에도 그러했다.
"뭐라고?"
"민이랑 헤어질 거야."
"다시 한 번 말해 봐."
"헤어진다고."
준영이의 말에 준성이도 상당히 놀란 듯 준영이를 막았지만 수습할 길은 없었다. 나는 준영이 앞으로 점점 더 가까이 걸어갔다.
"다시 한 번 말해. 뭐라고?"
"헤어지자고 할 거야. 한민이랑 헤어진다고!!"
짝!!

내 손이 그만 참지 못하고 준영이 뺨을 내려쳤다. 하지만 준영인 나를 똑바로 바라보고 있었다. 그 눈동자에는 슬픈 흔적이 언뜻 비춰지고 있었다.

"언제까지 질질 끌어야 하냐."

이 사람이 내가 알고 있던 멋지고 터프했던 박준영 맞는 걸까.

"난 끝났는데…… 한민이의 사랑에 맞춰주는 것도 이젠 어설퍼서 못하겠는데… 얼마나 더 질질 끌며 잡고 있어야 하냐고."

"너 말 다 했어?"

"……."

"아무리 변하는 것이 사람 마음이라지만 너 참 너무한다. 정말 너무한다. 이게 사람이 할 짓이냐! 할 짓이냐고!!"

"할 짓이든 뭐든 이제는 그 딴 거 신경 안 써."

"박준영!!"

그때였다.

"둘 다 그만 해."

빨간색 마티즈에서 나오는 사람… 내 친구 민이. 맙소사! 민이가 여기는 웬일이지. 설마… 다 들은 것은 아니겠지? 설마…….

민이가 나와 준영이가 있는 쪽으로 걸어왔다. 준성이의 집 베란다를 보니 유민정이 우리를 보고 있었다. 그러다 내 시선과 마주쳤고, 이윽고 다시 안으로 들어갔다. 나쁜 년.

"진작에 이랬어야 했어. 그치, 준영아?"

애써 눈물을 참고 있는 모습이 내게 보인다. 내게 그렇게 당당했던 박준영은 정작 민이가 나타나자 시선을 더 이상 똑바로 두지 못했다.

"질질 끌어서 미안해."

"……."

"헤어지자."

"민이야!!"

민이의 말에 눈물이 왈칵 쏟아졌다.

"귀찮게 해서 미안했어. 다시는 그럴 일 없을 거야."

민이는 뒤돌아섰다. 박준영에게서 처음으로 뒤를 보였다. 그것이 6년 만의 일이었다. 6년 만에 준영이는 민이와의 사랑 앞에서 흔들렸고, 마침내 그 흔들림이 걷잡을 수 없을 만큼 거세지고 말았던 것이다. 돌아선 민이는 말했다.

"피눈물이 났으면 좋겠어. 박준영, 지금 내가 느낀 이 마음… 너도 고스란히 받았으면 좋겠어. 진심이야. 내가 이렇게 피눈물나는 만큼… 너도 꼭 그랬으면 좋겠어."

민이는 끝내 눈물을 보이고 말았다.

"민이야……."

"준희야, 내가 나중에 연락할게. 오늘은 나 먼저 갈게."

난 돌아선 민이를 잡을 용기가 없었다. 민이에겐 지금 나를 보는 것 또한 고통이 될 것이 분명하니까. 일어나지 않았으면 했던 일이 결국에는 일어나고 말았다. 나도 실감이 나지 않는데 민이는 오죽할까.

"박준영, 좋겠다, 네가 원하던 대로 모든 것이 다 이뤄져서. 안에 들어가 봐라. 유민정 있을 텐데 이제는 나도 가니 얼씨구나 좋겠구나."

날 잡고 있는 준성이의 손을 뿌리쳤다.

"어떡하냐. 널 용서할 마음이 추호도 없다. 박준영, 잘 먹고 잘 살아라."

"준희야, 준영은 네 동생이야. 네가 이러면 안 되잖아."

"동생이라서 이 정도야. 다른 인간 같았으면 여기서 끝내지 않았어."

사랑의 완벽한 정의를 그 누가 내릴 수 있을까. 달콤함을 속삭였던 사랑이 한순간에는 독을 뿜어내며 잔인한 상처만을 남기는데… 더 이상 그 예전의 달콤함이 무슨 필요가 있을까.

다음날, 밤새도록 잠을 이루지 못한 채 집을 나섰다. 남들이 알면 내가 실연당할 줄 알 것 같다. 뭔 눈물이 왜 그렇게도 흐르던지… 두 눈이 보기 좋게 퉁퉁 부어 있었다.

"준희야!"

"어, 준성아?"

어라? 저 녀석이 아침부터 웬일이지.

"내 이럴 줄 알았지. 눈 좀 봐라. 어제 집에 가서 바보같이 울고, 잠도 못 자고 그랬지?"

"귀신이다. 에비!!"

어쩜 이렇게도 나를 잘 아는 건지.

"밥은 먹었어?"

"아니······."

"이것 먹고 출근해."

녀석이 내게 내민 것은 따뜻한 김밥과 우유 하나. 아침부터 이것을 주려고 뛰어온 녀석이 너무 고마웠다. 하지만 난 고맙다는 말도 제대로 못한 채 어색하게 웃으며 회사로 향했다. 항상 나보다 훨씬 위인 준성이 녀석. 고마울 따름이지만 박준영 일을 생각하면 한편으론 얄밉기도 했다. 그나저나 민이가 제대로 정신을 차리고 있는 건지 걱정됐다. 차마 내가 연락을 못하고 지영이에게 부탁을 했다.

"무슨 생각을 그렇게 해?"

회사에 도착해서 민이 걱정에 아무 일도 못한 채 멍하니 앉아 있는 나를 향해 영신 언니가 물었다.

"아니, 그냥······. 언니."

"왜?"

"남자의 변심을 어떻게 생각해?"

"변심? 어머, 준성이가 헤어지자니?!"

"뭐라는 거야! 준성이가 나한테 왜 헤어지자고 해."

"그럼 뜬금없이 남자의 변심을 왜 물어봐?"

"그냥. 언니, 남자들은 말이야, 한없이 주는 사랑이 부담스러운 걸까? 여자가 자기만을 보고 살면 너무 싫은 걸까? 그래서 피하고 싶은 걸까?"

"글쎄, 사람마다 다르겠지. 자유로움을 원하는 사람은 그런 사랑이 부담스러울 수도 있겠지. 그런데 너 정말 준성이랑 무슨 일 있는 것 아니지?"

"응, 아니야. 그냥 궁금해서 물어봤어."

자유로움이라… 자유로움이라하면 박준영이지. 그놈은 어릴 때부터 그래 왔으니까 구속받는 느낌이 들 수도 있을 거라는 생각이 들었다. 그렇지만 아무리 생각해 보아도 이건 나쁜 짓이다. 준영에게 그러면 안 된다고 하고 싶지만 그런 생각을 하면 할수록 사랑의 정답이 무엇인지 헷갈려 너무 혼란스럽기만 하다.

"박준희 씨!"

부장님의 어마어마한 목소리가 들린다. 윽!

"네!"

그렇게 불려간 지 20분 연설 끝에 내 자리로 돌아올 수 있었다. 지겹다. 정말로 지긋지긋하다. 이 순간 내가 부자라면 얼마나 좋을까. 오늘같이 듣기 싫은 소리 듣지 않아도 되고, 떵떵거리며 자유를 만끽하며 살아갈 수 있을 텐데. 인생이 왜 이렇게 고달픈 건지 모르겠다.

넉다운이 된 몸을 이끌고 회사에서 드디어 탈출했다. 그런데…

"준희 씨~"

이운균이 우리 회사는 어인 일이지? 아침에는 준성이 놈이더니 저녁에는 네놈이냐. 장난기 가득 품고 온몸에 부끄러움을 가득 실은 채 나를 기다리고 있는 운균이. 정말 미치도록 꼬집어주고 싶다. 보면 볼수록 심술맞아져서 큰일이다.

"무슨 일이야?"

"준희 밥 사주려고 이렇게 왔어! 나 너무 예쁘지? 첩한테 이렇게 잘해주는 처가 어디 있어. 안 그래?"

"병원은 가봤어?"

"무슨 병원? 누구 아파?"

"너 아프잖아."

"내가 왜?"

"정신이 왔다 갔다 하는 것 같은데 용인이라도 한번 가봐. 걱정돼."

"어머, 준희, 재치 백 점이야. 날 따라올 셈이야?"

"하나만 말해 줄게."

"뭐?"

"또라이."

"흑."

크크크. 난 이운균 놀리는 맛에 살지. 아하하, 요새는 가끔이라도 운균이를 봐야겠다. 이렇게 잠시나마 기분이 나아졌으니 말이다. 살다 보니 촐싹이가 도움이 될 때가 있네. 후~

촐싹이와 함께 술집으로 왔다. 이 녀석이 무슨 심보인지 내게 술을 권한다. 왜 그러지?

"준성이는?"

"나 준성이 몰래 왔어. 대장은 나 여기 온지도 몰라."

"너 왜 왔는데?"

"우선 술 한 잔 마셔. 술이 날 자꾸 부르잖아. 귀찮아 죽겠어, 아주."

"웬수!"

이윽고 소주과 찌개와 나오고 촐싹인 술이 자꾸 부른다며 두 잔 연거푸 들이켜 마셨다. 촐싹이가 이렇게 나오는 것으로 보아 분명 내게 하고 싶은 말이 있는 것이다.

"어설프게 그러지 말고 본론으로 들어가시지요."

"본론? 난 본론 몰라! 응."

"죽을래!!"

내가 때리는 시늉을 하자 잔뜩 긴장하는 척하는 이운균.

"준희야……."

그러나 갑자기 어울리지 않게 진지한 표정이 되어버린 운균이 녀석. 뜻 모를 모습에 나도 모르게 긴장이 되고 말았다.

"준영이 미워하면 안 돼."
"뭐야? 너 그 인간 얘기 하려고 나랑 술 마시는 거였어?"
"응."
"쳇, 됐어. 난 진짜 할 말 없다. 그 멍청한 놈. 꼴도 보기도 싫어."
"준희야, 준영이는 네 동생이야. 너만은 준영이를 이해해 줘야 돼."
"무슨 이해? 옆에 자기 여자 두고 딴 여자 만나는 걸 이해해 줘야 되냐? 내 친구 뻥 차버리고 딴 지지배 만나는 내 동생 이해해 주면 불쌍한 내 친구 상처는 누가 달래줄래?"
"민이… 내 친구이기도 하잖아."
"몰라. 준영이 얘기라면 더 이상 할 얘기 없어."
"준희는 너무 냉정해."
울먹이는 운균이.
"야, 너 울어?"
"안 울어!!"
"웃기지 마. 울잖아. 너 왜 울어?"
"흥!!"
"이게 어따 대고 흥이야, 흥은!!"
"미워!!"
"어머, 나 원 참."

결국 술에 취한 운균이 녀석을 몸에 친친 감은 채 준성이네 집으로 가야만 했다. 운균이 놈이 몸집이 작긴 하지만 술에 떡이 되어 엄청 무거웠다.

"외로움에 지친 그대여, 사랑을 버리네. 아픔이 많은 그대여, 왜 사랑은 버리는가."

"시끄러!"

"아아, 슬프도다. 사랑은 슬프도다."

부축하고 있는 이운균이 노래인지 시인지 알 수 없는 말들을 내뱉고 있었다.

"몸도 마음도 아프다네. 사랑의 뒷그림자."

"너 죽는다!"

"아아, 눈물이 나네. 사랑은 눈물이 나네."

"너 자꾸 움직이면 던져 버릴 거야."

"준희야."

"왜, 이놈아!"

"내가 지껄인 이것이 무엇인지 너는 아니?"

"내가 그걸 어떻게 알아?"

"제목 사랑의 아픔."

"그런 것도 있었어? 노래야? 시야?"

"시라고 할 수 있지."

"웬일이냐, 니가 시를 외우기도 하고?"

"시인……."

"시인 누구?"

"이…….."

"뭐?"

"운… 균."

쿵!!

그렇다. 난 술 취해 헛소리를 하는 이운균을 과감히 내던졌다. 음하하.

"이럴 필요까진 없었는데……."

"엥?"

"너무 감동이었구나. 자식."

난 끝까지 이운균의 말장난에 휩쓸렸다. 젠장.

"택시!!"

끝까지 데려다 주고 싶었지만 헛소리를 연발하는 탓에 어찌할 수가 없었다. 반쯤 미친 것 같은 촐싹이를 택시에 태우고는 집으로 홀라당 와버렸다. 아무튼 인생이 어디 가겠어? 고등학교 때부터 미쳤었는데 제정신 차린 것이 더 웃기지. 그래, 이운균, 그 주접이 네 인생이지. 그럼~ 집으로 돌아오는 길에 어제 언뜻 본 준영이의 슬픈 눈동자가 생각나는 이유는 무엇일까. 준성이가 곁에 있으니 알아서 잘해주겠지 뭐.

그런데 집 앞에는 뜻하지 않은 인물이 있었으니 그것은 바로 박준영이었다. 술을 진탕 마셨는지 일어서지도 못한 채 현관 문 앞에서 쪼그리고 앉아 있었다.
"너 뭐냐."
구둣발로 툭 치자 옆으로 바로 쓰러지는 박준영.
"안 일어날래."
"…누나."
잠시 난 정지했다. 준영은 언제부터인가 다급한 일이 있을 때마다 나를 누나라고 불렀다. 고등학교 때도 단 한 번 들을 수 있었던 영광스러운 단어였는데 이놈이 오늘 또 나를 누나라고 부르고 있었다. 아무래도 오늘 저 녀석의 말을 들어주어야 나중에라도 후회를 하지 않을 듯싶다.
"왜 불러."
"누나가 내 마음을 알아……."
알 수 없는 준영이의 말. 내가 어찌 너의 마음을 알겠니. 알았으면 이렇게 속이라도 상하지는 않았겠지.
"몰라. 모르니까 얘기해 봐."
"난 민이랑 헤어질 거야."
"헤어졌잖아, 벌써."
"그래……."
"그래서 그 유민정인가 하는 가시네랑 잘되고 있냐?"
"아니."

"아이고~ 왜?"

"그래서 누나는 날 몰라……."

"너, 술 취했냐? 준성이는 어디 있고?"

"나 혼자 마셨어."

"휴……."

진짜 우울한 나날이다. 어떻게 해서 이 아이들이 이런 파경까지 오게 되었는지 모르겠다. 버린 놈도 힘들다고 이러고 있는 판국에 민이는 어떤 정신으로 버티고 있을지 생각하니 너무나도 마음이 아파진다. 가뜩이나 마음도 여린 아이가 제대로 눈 뜨고 살고 있을지…….

"네가 이런데… 민이 그 바보는 오죽하겠어? 민이를 위해서라도 이러지 마. 넌 이럴 자격도 없잖아."

"후… 한민이는 더 울겠지. 한민이는 더 아프겠지. 그래… 안다, 나도 안다."

"알면 됐다. 집으로 들어가."

준영이를 끌고 안으로 들어갔다. 오늘은 이래저래 술 취한 사람들 상대하는 날이구나. 준영이를 침대에 눕히고 나오려는 찰나였다. 갑자기 나를 와락 끌어안는 준영이.

"야, 너 왜 그래?"

그렇다. 처음 있는 행동에 당황할 수밖에 없었다.

"살면서 너한테 못된 짓만 골라서 한 것 같다. 동생인데도 마치 오빠같이 굴고, 욕하고, 화내고, 병신 짓만 한 것 같아 미안하다. 이제야 정신 차린 것 같은데 모든 것이 짧구나……."

"너, 진짜 무슨 일 있어?"

"아니……."

"그런데 왜 꼭 어디 갈 사람같이 말하냐?"

"그냥……."

"잠이나 자라. 내일 얘기하자."

"……."

너무도 이상한 준영이를 혼자 두고는 방에서 나왔다. 샤워를 마치고 나오자 방에서 준영이의 흐느끼는 울음소리가 거실로 흘러나오고 있었다. 이상하다. 마음이 너무 이상했다. 이상한 마음이 들었지만 묻지 못한 채 서둘러 내 방으로 들어오고야 말았다. 심란한 마음에 지영이한테 전화를 해보았다. 민이를 물으니 말도 말란다. 준영이보다 더 심한가 보다. 하루 종일 같이 있어줬는데 어쩌면 그렇게 쉬지도 않고 우는지 너무 측은해서 보기 힘들 정도라고 한다. 바보같이 준영이 앞에서는 강한 듯 이를 악물고 가더니 끝내는 죽지 못해 사는 사람같이 살고 있다고 했다.

민이야, 박준영이 무슨 일이 있는 것 같은 느낌이 드는 것은 왜일까. 눈물 없는 매정한 놈이 왜 저렇게 서럽게 울고 있는 건지 너무나도 알고 싶지만 나도 모르게 겁이 나서 묻지도 못하고 내 방으로 들어오고 말았어. 정말 한심하지? 누나라는 사람이 말이야.

그런데 정말 겁이 나는구나. 물어보고 싶은 마음은 굴뚝같은데 차마 겁이 나서 묻지 못하는 마음, 민이 넌 알 수 있을까.

준영이의 눈물은 무엇을 의미하는 것일까? 민이를 버린 죄책감? 아니면 사랑이 끝난 허탈감? 도대체 무슨 생각일까, 저 녀석…….

다음날 일어나자마자 준영이의 방으로 들어갔다. 아직도 쿨쿨거리며 자고 있는 녀석.

"야, 일어나! 일어나!"

아무리 깨워도 듣는 척도 안 하고 있었다.

"죽는다! 좋은 말로 할 때 일어나라."

꼼짝도 안 했다. 사람 인내심 테스트도 한계가 있는 것. 몸속에서 버티지 못하고 화가 터져 버리고 마는 나 박준희.

"야!!"

미친 듯이 준영이를 때렸다.

"씩씩…….'

그런데 준영이의 손이 스르르 침대 밑으로 떨어졌다. 이상한 마음에 준영이를 흔들고 깨워보았지만 아무런 움직임이 없었다.

"준영아!! 준영아!! 박준영—!!"

준영인 움직이지 않았다. 다급해진 나는 생각나는 것이 준성이밖에 없었다. 덜덜 떨리는 손으로 전화를 걸었다.

[여보세요.]

"준성아! 준영이가 일어나지 않아!! 눈을 안 떠!! 얼른 우리 집으로 와줘! 응?"

전화를 끊고 다시 방으로 들어갔다. 준영이의 몸은 마치 죽은 것같이 차가웠다.

"흑… 야, 이 미친놈아, 도대체 무슨 일이야!!"

반 미친 사람같이 준영이를 붙잡고 울었다.

쾅쾅!!

시끄러운 문소리에 재빨리 나가서 문을 열었다. 준성이었다.

"준영이 어디 있어?"

"방에!!"

"박준영!!"

준성이가 다급히 준영이를 업었다.

"준영아, 병원 가는 거야, 지금. 그러니까 얼른 정신 차려, 제발……."

응급실 앞에서 목놓아 울었다. 혹시라도 준영이가 잘못되기라도 될까 너무나도 겁이 났다. 응급실 앞에서 10분쯤 있자 의사 선생님이 나오셨다.

"술을 너무 많이 마신 것 같네요. 위세척을 했거든요. 이렇게 자제력을 잃을 만큼 마시는 것은 몸에 결코 좋지 않습니다."

"아… 그럼 다른 곳은 이상이 없는 건가요?"
"무슨 이상이요? 어디가 아픈가요?"
"네? 아, 아니요. 아니에요."
난 무슨 생각으로 그런 말을 한 것인지…….
응급실에서 한 시간 정도 있자 준영이가 정신을 차렸다.
"너 미쳤어? 술을 얼마나 처마셨으면 정신을 잃어! 진짜 죽고 싶어?"
"……."
녀석답지 않은 우울한 모습이었다. 다시 준성이에게 업혀 집으로 돌아왔다. 아침부터 간이 콩알만해진 것 같았다. 한참 한숨을 쉬고 있을 때 현관문이 급하게 열렸다. 운균이었다.
"준영아!!"
운균이의 얼굴은 완전 눈물범벅이었다. 신발도 제대로 벗지도 않고 집 안으로 막 들어온 이운균은 준영이를 붙잡고 엉엉 울기 시작했고, 난 분명히 직감할 수 있었다. 분명 이운균은 내가 모르는 무언가를 알고 있다. 준성이의 상태를 보니 모르는 듯했다. 모든 것은 잃은 듯 체념한 듯한 준영이의 표정.
"운균아, 너네 뭔 일 있냐?"
내가 묻기도 전에 준성이가 묻고 있었다.
"대장… 대장! 어떡하면 좋아! 어떡하면 좋아!!"
"형, 그만 해!!"

운균이를 저지하는 준영이.

"박준영, 장난하냐? 무슨 일이 있으면 말을 해야 할 것 아니야!!"

"형, 걱정 마. 아무 일도 없어."

"넌 됐고, 운균이 네가 말해 봐. 무슨 일이야?!"

답답할 노릇이었다. 운균이가 무언가를 말하려고 하면 준영이가 무언의 압박을 주고 있었다. 기가 막힐 뿐이다. 도대체 무슨 일이 일어나고 있는 것일까.

"박준영, 너 형한테 죽는다!"

"운균이 형, 나랑 약속했지? 약속댔다! 절대로 지켜!!"

"씨발. 이운균 나와!"

화가 난 준성이는 운균이를 끌고 밖으로 나갔다. 난 안절부절못하는 준영이를 잡았다.

"무슨 일이야? 무슨 일이냐고?!"

"괜찮아. 아무것도 아니니까 신경 쓰지 마."

"뭐가 괜찮아. 누가 지금 괜찮냐고 물었어? 도대체 뭐길래 이렇게까지 쉬쉬하는 건데?"

"아무것도 아니라구!!"

"혹시 너 지금 이 일과 민이 일, 연관성있는 거니? 그런 거야?"

"씨발! 헛소리 좀 작작해. 무슨 말 하는 거야!!"

준영이와는 이야기를 할 수가 없었다. 답답함이 더해진 나는 냉장고에서 물을 꺼내 벌컥벌컥 들이켜 마셨다. 준영이는 여전히 안절부절 못하고 있었다. 준영이와 내가 그러고 있는 사이 밖에 나갔던 준성이와 운균이가 돌아왔다. 운균이는 여전히 울고 있었고, 준성이는 매우 당황한 상태였다.

쨍그랑!!

그 표정을 본 나는 불안감에 들고 있던 컵을 놓치고야 말았다.

"박준영, 어디 병원이야? 다시 가보자."

"왜 말했어!!"

준영인 괴로운 듯 머리를 감싸 안으며 고개를 숙였다. 무슨 일이야… 도대체…….

"준영아, 우리 병원 다시 가보자. 의사 선생님이 오진한 것일 수도 있잖아. 니가 어떻게 1년밖에 못 산다는 거야! 흑."

"이운균… 뭐라고? 너…… 지금 뭐라고 했어?"

당황한 난 운균이에게 다시 물었다.

"준희야, 준영이가 자꾸 속이 아프다길래 병원을 갔는데… 병원을 갔는데……."

"갔는데?!"

"간암 말기래……."

"뭐?!"

우르르 쾅쾅. 그것은 내 머리 속이 모든 게 산산조각나는 소리였다. 그제야 지금까지 준영이의 모든 행동을 이해할 수가 있었다. 미칠 것 같은 심정으로 준영이의 손을 잡았다.
"그 병원 어디야! 다시 가자! 일어나! 일어나란 말이야!!"

준영이가 찾아갔다던 그 병원 앞이었다. 준영이 녀석은 겁이 나서 한 번만 오고 그 다음부터는 못 왔던 모양이다. 거의 한 달 반 만에 병원을 찾은 것이었다. 난 무너지는 가슴을 안고 의사 선생님을 찾았다.
"저… 박준영 누나 되는 사람인데요. 얼마 전 이 병원에서 제 동생이 간암 말기를 선고받아서 그러는데 재검사를 받을 수 있을까요?"
"네? 간암 말기요?"
"네."
"성함이 뭐라고 하셨죠?"
"박준영이요."
"박준영이요?"
"네."
의사 선생님의 호출에 간호사 한 명이 차트를 들고 들어왔다. 의사 선생님은 차트를 보며 고개를 갸우뚱거리고 계셨다.
"나이가 만으로 21세 맞죠?"
"네."
"한 달 반 전에 오셨네요?"

"네, 맞아요."

"하하하."

웃고 있는 의사 선생님.

"선생님, 지금 웃음이 나오세요? 이렇게 다급한 시점예요? 네?!"

"이 환자 분은 그때도 속이 좋지 못해서 위세척을 하고 가셨는데 무슨 간암 말기라는 거죠? 요즘은 위세척으로도 암을 진단할 수 있답니까? 허허."

"네??"

기억하시라. 황당함에 동시에 대답한 네 명의 사람들을 말이다. 이운균, 박준영, 강준성, 박준희는 황당해서 동시에 소리쳤다.

"위세척이요??"

"이제 보니 생각이 나는 것 같네요. 그때도 여기 계시는 키 작은 분이랑 같이 오셨는데… 맞죠?"

이운균과 박준영을 알아보는 의사 선생님. 당황한 준영이는 운균이를 툭툭 친다.

"형, 어떻게 된 거야? 간암 말기라며??"

"이상하네? 분명히 저 간호사 누나가 간암 말기라고 했는데… 분명히 네 이름이었단 말이야."

운균이가 옆에 있던 간호사를 지목했다.

"저요? 전 그런 적 없는데요?"

"웃기지 말아요. 누나가 저번에 그랬잖아요. 어떡하면 좋냐고 하며 간암 말기인데 안타깝다고 그랬잖아요. 준영님, 준영님 하면서요!!"

"네? 지금 혹시 안준영님을 말씀하시는 거예요? 그분은 간암 말기이신 할아버지세요. 뭔가를 착각하신 것 아니에요? 박준영 씨는 선생님 말씀대로 위세척만 하고 가셨어요."

갑자기 머리 위에서 참새 몇 마리가 마구마구 소곤거리며 우리를 비웃는 것만 같았다.

"저희가 너무 떠들었죠? 정신이 없으셨을 거예요. 참, 이만 물러갈게요. 진료 열심히 하세요. 성공하실 거예요."

난 있는 힘을 다해 한 손으로는 이운균의 귀를, 또 한 손으로는 박준영의 귀를 잡고 병원을 나왔다. 어쩐지 요즘 들어서 사고 안 치고 잘하나 했다.

"이리 와! 이리 와!"

"뭐? 어떡하면 좋아? 뭐? 형 그만 해?? 아주 놀고들 있네, 놀고들 있어!"

"아… 아! 아파! 준희야, 아파!!"

"박준희, 안 놓을래? 진짜 아파!!"

"아침부터 눈물을 질질 짜게 하고 생쇼하더니 뭐? 위세척? 하~ 아주 놀고들 있네. 진심이다. 너희들 너무 놀고들 있어!!"

옆에서 미친 듯이 웃고 있는 준성이. 나도 준성이를 보며 살짝 윙크했다.

"쳇, 역시 이운균 너의 정신 상태다. 그럼 그렇지. 어쩐지 내가 평소치고는 잘 나간다 했지. 아니, 어떻게 위세척만 하고 나왔으면서 간암 말기로 알고 있냐? 이운균은 정신 상태가 또라이라고 치지만 박준영 넌 도대체 뭐냐?"

"난 그때 정신이 하나도 없었어. 눈 뜨니까 운균이 형이 간암 말기라고 하면서 나 끌어안고 엉엉 울잖아!! 왜 이래! 나도 피해자야!!"

"까불지 마시지!!"

"아아악!!"

둘 다 귀를 살짝 비튼 후 놔줬더니 아주 죽으려 한다. 두 놈들 귀가 새빨갛다. 쌤통이다. 준영인 운균이를 보더니 으르렁거렸다. 비굴맨 이운균은 준성의 뒤에 숨어 어색하게 웃고 있을 뿐이었다.

"준영아, 형이야. 정신 차려."

"오시지. 엉아, 이리 와!"

"준영아~ 아잉~ 형인데?"

"이리 오라니까!"

"형이라니까~"

"죽었어. 한 달 반 동안 날 미친놈으로 만든 죄야!!"

"아악!"

"거기 못 서!!"

준영이가 도망치는 운균이를 맹렬히 뒤쫓았다.

"하하하. 주접 브라더스가 탄생했구나."

준성이와 미친 듯이 웃고 또 웃었다. 그러다 지금쯤 죽을상을 하고 있는 한 여인이 떠올랐으니… 준성이와 눈이 마주친 나는 동시에 외쳤다.

"한민이!!"

우리는 먼저 뛰어간 준영이를 또다시 맹렬히 뒤쫓았다.

"헉헉. 박준영!! 박준영!!"

운균이를 잡기 위해 안간힘을 쓰고 있는 준영이가 보였다. 헐떡이며 준영이에게 말했다.

"박준영, 지금 시급한 건 이운균이 아니라 한민이야. 민이라구!!"

내 말에 정신이 번쩍 들었는지 준영이가 운균이를 잡으려던 것을 멈췄다.

"맞다, 맞다. 민이… 민이. 그래, 민이가 있었지. 큰일 났다."

간암 말기가 아닌 위세척이라는 즐거움도 만끽하지 못한 채 우리는 민이의 집으로 달렸다. 준영이를 쫓아 민이네 집으로 들어갔고, 민이의 방문을 연 순간 우리는 모두 당황하고야 말았다. 민이는 긴 머리를 풀어헤친 채 침대 옆에 기대어 곧 죽을 것 같은 몸짓으로 괴로워하고 있었던 것이다. 갑자기 아무도 숨소리조차 제대로 내지 못하는 것 같다. 이 공포스럽고, 아찔한 분위기 속에서 말이다. 난 준영이를 툭 쳤다. 그래, 사고뭉치야. 이번 해결사는 네 놈밖에 없다.

"준희야······."

멍청한 박준영이 긴장한 것인지 내 이름을 불렀다. 어이가 없어서 뒤통수를 한 대 쳤다.

"뭐래는 건지."

"민이야······."

이번에는 제대로 불렀다. 준영이는 천천히 민이의 앞으로 갔다.

"나야··· 준영이."

"···너 뭐야."

"잘못했어. 무릎이라도 꿇으라면 꿇을게."

"무슨 소리 하는 거야."

준영인 민이를 와락 끌어안았다.

"난 내가 죽는병 걸린 줄 알고 너를 놓아줘야 한다고 생각했어. 아직 젊고, 많이 사랑할 나이인 너를 내가 잡고 있으면 안 된다고 생각했어. 그래서 너한테 상처 주는 일을 택했던 거야. 나도 너 그렇게 보내고 죽는 줄 알았어. 내가 널 얼마나 사랑하는데··· 너 없이는 아무것도 못하는 바보가 널 보내려니까 진짜 죽겠더라."

"준희야, 준영이가 지금 무슨 소리 하는 거니? 응?"

나는 차근차근하게 지금까지의 일을 민이에게 모두 설명해 주었다. 엄청난 이운균의 실수부터 시작해서 제대로 2차 확인 안 한 멍청한 박준영의 행동까지 말이다. 또 한 가지 더! 올해의 최고의 대박 에피소드 이운균, 박준영 표 주접 브라더스의 실체까지 말이다.

"으앙!!"

민이 얼마나 어이없을까. 민이는 지금까지 괴로웠던 마음이 한이 됐는지 장작 1시간 동안이나 펑펑 울었다. 미안한 마음이 수백 번 들은 박준영은 우는 민이를 꼭 안고는 꼼짝도 안 했고, 죄를 지은 사람은 마땅히 그 죗값을 치러야 한다고 했으니… 이운균은 시키지도 않았는데 민이와 준영이 옆에서 두 손을 번쩍 들고 제멋대로 벌을 섰다. 자기도 엄청 미안했는지 한 번만 봐달라는 어색한 미소를 지으며 민이를 바라보았다. 그렇지만 민이 역시 한이 되었는지 운균이 볼을 열 번은 넘게 꼬집었다.

"아웅. 우리 여보야한테 이를 거야. 네 볼 좀 봐."

민이네 집에서 나온 준성이와 나, 운균이. 운균이는 손거울을 연실 보며 퉁퉁 부은 양 볼을 만지작거렸다.

"이 주접아, 제발 사고 좀 치지 마라."

"사고 안 쳐! 싸움도 안 하잖아! 대장, 미워!"

"싸움만 사고냐? 이번 일은 아주 대형사고였다. 못 말리는 주접아!!"

"대장, 미워!!"

준성이마저 뭐라고 하니 운균이는 심술이 난 모양이다. 투덜투

덜대고 있었다. 그래도 나 같으면 삐쳐서 갔을 텐데 끝까지 준성이 옆에서 궁시렁거렸다. 못 말리는 이운균. 아무튼 일이 제대로 잘 해결되어 다행이었다. 킥킥. 그런데 정말 대형사고였다. 위세척을 간암 말기로 오인했으니 말이다. 초대형사고. 후~

『외로움에 지친 그대여, 사랑을 버리네.
아픔이 많은 그대여. 왜 사랑을 버리는가.
아아, 슬프도다. 사랑은 슬프도다. 몸도 마음도 아프다네.
사랑의 뒷그림자. 아아, 눈물이 나네. 사랑은 눈물이 나네.』

큭큭. 박준영을 위한 사랑의 노래~ 이운균의 일명 '사랑의 아픔'. 푸하하하.

4장 권태기라고?!

권태기라고?!

바야흐로 황금의 계절 5월이 돌아왔다. 푸른 하늘이 어쩌면 이다지도 예쁜지 보기만 해도 산뜻하고 즐거웠다. 평생 겨울이 오지 않으면 좋겠다. 사실 예전에는 겨울이 좋았지만 요즘은 추운 것이 너무나도 싫다. 작년 겨울 감기 때문에 호되게 아팠던 이후로 겨울이 싫어졌다. 흐흐흐. 5월이라… 날씨가 좋아서 그런가? 매일 같이 못살게 굴던 부장님도 요새는 조용하다. 참으로 살맛이 나고 있었다.

회사가 끝나고 오늘도 역시 칼퇴근을 하며 오랜만에 아이들을 만나러 시내로 나갔다. 호프집에는 예은이가 먼저 와선 날 기다리고 있었다.

"오랜만이야! 잘 지낸 거야?"

"그럼~ 언니도 잘 지냈지?"

"응."

"우리 오빠 때문에 준영이 오빠랑 민이 언니 헤어졌었다며?"

"하하, 말도 마. 지금도 생각하면 자다가도 벌떡 일어나서 어찌나 웃는지. 위세척한 애를 간암 말기라도 했으니 그건 진짜 이운균 아니면 절대로 불가능한 일이지."

"히히."

"그래도 좋지?"

"응~"

"너도 어린 나이에 벌써부터 큰일이구나."

"호호호, 나만 그런가? 우리 다 그렇지~"

"이운균은 지금 뭐 한대?"

"오늘 약속있다고 하던대? 아마 준성이 오빠도 갔을 거야."

"뻔하지. 또 어디서 대낮부터 술 마셔서 헤롱헤롱거리고 있을 걸."

이제는 넌덜머리가 나서 상관하지 않기로 작정했다. 술을 마시든 술을 마시다 뻗든 이젠 노 터치!

"어? 저기 지영이 언니랑 민이 언니 온다!"

때마침 지영이와 민이가 왔고, 우리는 오랜만에 4명 모두 모여 즐거운 시간을 보냈다. 우리들의 공통 관심사는 현재의 남자 친구들 얘기였다. 모두들 행복에 젖어 살고 있었다. 한번 준영이와 헤어질 뻔한 민이는 요새 깨가 쏟아지고 있는 모양이다. 얼굴이 활~짝 펴 있었다. 보기 좋군. 쿡쿡.

"그런데 요즘 준희는 마음이 예전 같지 않나 봐?"

지영이가 물었다.

"응?"

"준성이랑 말이야."

"왜?"

"준성이 얘기는 그다지 즐겨하지 않는 것 같아서. 설마… 권태기?"

"하하하. 무슨~"

내가 그렇게 준성이 얘기를 하지 않았나? 지영이의 말은 날 조금은 당황케 만들었다. 내 마음? 글쎄, 여전하겠지. 내가 강준성 아니면 또 누굴 만나. 그런데 난 나도 모르게 그 말에 깜짝 놀라고 있었다. 그건 어쩌면 시작의 불과했는지도 몰랐다.

분위기가 고조되며 테이블 위에 빈 병들이 쌓여가고 있었다. 술기가 오른 민이와 지영이는 '마셔, 마셔'를 연발하며 분위기에 젖어들고 있는 참이었다. 벌써 시간은 두 시간이나 흘러간 뒤였다. 오랜만에 만나서 그런지 할 말도 많고, 반갑기도 하고 그랬다.

"언니들, 우리 2차 가요! 2차!"

"당연하지! 여기서 끝내려고 했어?"
"역시 화끈한 지영 언니야!!"
"얘들아, 나를 따르라!"

1차 호프집에서 나와 2차를 가기 위해 시내를 조금 걸었다. 그런데 앞서 걷던 예은이가 깜짝 놀라 우리를 불렀다.

"언니, 저거 운균이 오빠 아니야? 그리고 그 뒤는… 준성이 오빠 맞지?"

예은이가 가리킨 사람은 진짜 이운균이었고, 진짜 강준성이었다. 내가 진짜를 붙인 이유는 녀석들 옆에마다 여자 아이들이 있었기 때문이다. 척 보아도 어려 보이는 아이들이 말이다. 누구지? 저 인간이 여자도 만나고 신기하네. 옆에 있는 예은이는 머리끝까지 흥분한 채 우리가 잡기도 전에 운균이를 불러 세워 버렸다. 아이고, 맙소사.

"오빠!!"

운균이는 예은이를 보았고, 곧바로 시선을 피한 채 애써 도망가려 했다. 하지만 가만히 있을 예은이가 아니었다.

"이운균, 너 죽을래?!"

역시 우리가 말리기도 전에 운균이 앞에 섰다. 어쩜 그렇게 빠른지 모르겠다. 먼발치에서 그들을 구경했다. 준성이 매우 당황한 얼굴로 내게로 뛰어왔다.

"여어~ 예쁘다? 누구야?"

"준희야, 오해야, 오해! 진짜야! 내가 저 이운균 새끼 때문에 정말 못산다!! 진짜 오해다! 진짜야!"

"왜 흥분해? 누가 뭐라 했냐. 왜 그래?"

"아니… 난… 그냥……."

"놀아. 나도 지금 애들이랑 놀고 있었어. 예은이 좀 데리고 와. 난리났다."

"준희야."

"왜?"

"아, 아니야."

준성이는 예은이를 말리러 갔다. 준성이가 가자 지영이와 민이가 나를 때린다. 헉!

"왜?"

"야! 너 진짜 권태기 맞구나?"

"아니라니깐."

"아니, 그럼 어떻게 이 시점에서 화도 안 내? 여자를 만나고 있는데? 아무리 박준희 너라지만 그래도 화가 나야 정상 아니야?"

"난 준성이를 믿어. 그래서 화가 나지 않는 거야. 믿으니까."

그렇다, 난 준성이를 믿는다. 정말 믿기 때문에 저 녀석이 딴 짓할 거란 생각을 하지 않는다. 오늘 이 만남도 녀석이 원해서 만난 것은 절대로 아니라고 생각한다. 그래서 난 화가 나지 않는 것이다.

"준성이 좀 서운해하는 것 같지? 그치, 민이야?"

"그러게. 당황하는 눈치였어."

나보다 한술 더 뜨는 아이들. 그 모습이 웃겨서 웃음이 나왔다.

예은이는 울며 집으로 가려 했다. 우린 어쩔 수 없이 모두 준성이네 집으로 갔다. 운균이는 민망한 표정을 지으며 어쩔 줄을 몰라 했다. 하긴 저 인간이 또 무슨 사고를 쳤겠지. 올해 벌써 두 번이니 큰일이군, 큰일이야.

"오빠, 미워! 오빠, 미워!!"

"예은아, 오빠를 믿어줘. 어쩔 수 없이 만난 거야, 진짜루!!"

"왜 만나?! 여자를 왜 만나?! 그럼 오빤 내가 딴 남자 어쩔 수 없이 만나면 이해할 거야?"

"아니, 절대! 너 그럼 죽어!!"

"거봐! 오빠도 싫잖아! 으앙!!"

예은이는 분한지 대성통곡을 하기 시작했다. 우리가 말리기에는 이미 늦어 있었다. 운균이의 말은 이러했다. 같은 과 친구의 동생이 자신을 무척이나 마음에 들어 제발 한 번만 만나게 해달라고 했단다. 전에 한 번 친구의 집에 놀러갔다가 동생이 본 모양이다. 친구의 간곡한 부탁에 한 번 만났고, 어찌하다가 또 만나게 됐는데 이번엔 그 여동생이 그랬단다. 자기 친구 한 명도 같이 나갈 테니 운균이보고 또 한 명의 친구를 데리고 오라고 했단다. 그래서 데리고 간 사람이 준성이었다. 그렇게 두 번 만났는데 가는 날

이 장날이라고 예은이한테 딱 걸린 셈이다. 역시 이래서 사람은 나쁜 짓을 못한다. 운균인 필사적으로 잘못했다며 예은이에게 사정까지 해야 했다.

"걔네들 몇 살이야?"

"몰랐는데 알고 봤더니 18살이네……."

"뭐?? 18살? 그럼 고딩?!"

신선한 충격이었다. 18살이라니… 이 도둑놈들, 그 폴짝폴짝 잘도 뛰어다니는 예쁜 강아지들을 악의 구렁텅이로 빠져들게 하다니.

"그런데 웃긴 게 걔네 유림상고 다니더라."

"우리 학교?"

"응. 준희 너희랑 같은 학교지."

"큭큭. 웃기네."

"준희야, 준성이 옆에 있었던 애 얼굴 봤어? 죽음이야! 외모 대박이다! 진짜다! 그런데 더 큰일인 건 그 여자애가 준성이를 무진장 마음에 들어했어."

"그래? 역시. 이야, 강준성 좋겠다? 너의 외모는 아직도 시들지를 않았구나."

"조심해. 첩의 자리를 빼앗길지도 몰라."

"운균아, 너나 조심하거라. 예은이 화 아직도 안 풀렸다."

운균인 예은이를 한 시간 설득 끝에 겨우 풀어주었다. 다시는 그 아이를 만나지 않겠다는 약속과 함께 집으로 돌아갔다. 모두가 돌아가고 준성이와 함께 소파에 앉아 TV를 봤다. 수상한 것이 있다면 옆집 미란다가 어쩐지 조용하다는 것이었다.

"미란다 어디 갔어?"

"미국 갔어."

"어머, 벌써??"

"아니, 그게 아니고 잠깐. 가족들이 그리웠나 봐."

"하긴 보고 싶기도 하겠다. 타지에 있으니 더."

"응."

오늘따라 재미있는 프로가 하나도 안 했다. TV 볼 맛 참 안 나네. 허허.

"준희야."

"왜?"

"넌 나를 믿지?"

"어, 믿어. 그건 왜?"

"믿어서… 예은이같이 화 안 내고 그랬던 거지?"

"그렇지."

"그래, 믿어줘서 고마워."

"싱겁긴. 그런데 그 애 진짜 예뻐? 얼굴을 잘 못 봐서 모르겠네."

"준희가 더 예쁘지."

"어머, 무슨~ 그 팔팔한 아이와 내가 비교가 되겠니? 킥킥."
"아니야, 준희 네가 젤 예뻐."

다음날 회사가 끝나고 부리나케 준성이네 집으로 향했다. 이유는? 배가 고파서. 준성이 녀석이랑 밥 해서 같이 먹어야겠다는 생각으로 열심히 달렸다.
"강준성!!"
"응?"
앗. 저 인간은… 이운균이다. 에잇.
"이운균은 또 왜 왔어?"
"남편 집에 오는 건 당연한 일인데 뭘~"
"말을 말지. 준성아, 밥 먹었어?"
"나?"
"대장 먹… 읍!"
준성이가 운균이의 입을 막고.
"안 먹었어. 너도 안 먹었지? 같이 먹자!"
"응. 나 배고파 죽겠어! 오늘 왜 이렇게 허기가 지는지 모르겠네."
난 당장 그 자리에서 라면 4개를 끓였다. 으하하하. 두 개씩 먹으면 되겠지? 앗, 내 정신 좀 봐. 운균이를 생각 못했네.
"이운균, 너도 안 먹었지?"

"아니, 나 엄청 먹고 왔어! 니네 둘이 먹어!"

"이야. 니가 진짜 많이 먹었긴 먹었나 보다. 먹는 것을 마다하고."

"응. 엄청나게 먹었어. 대… 대장도 많이 먹어."

"응, 그래!!"

나와 준성이는 신나게 라면 4개를 먹기 시작했다.

"맛있지?"

"응. 역시 니가 끓인 라면이 제일 맛있다! 하하, 운균아 넌 정말 안 먹냐?"

"응. 절대 들어갈 수가 없어."

신기한 이운균이다. 라면이면 원래 환장하고 달려드는데. 나와 준성이는 맛있게 라면을 모두 먹어치웠다.

"아, 배불러!!"

"준희야, 나 음료수 좀 사 올게."

"그래라~"

준성이가 음료수를 사러 나가자 운균이가 박수를 치기 시작했다.

"뭐야?"

"대장 멋져!"

"뭐가?"

"대장 대단해!"

"아, 그러게 뭐가!!"
"사랑의 힘은 역시 아무도 말릴 수가 없구나."
"맞을래?"
"사실 준희 오기 전에 준성이랑 자장면 곱배기에 탕수육에 군만두까지 먹었거든. 학교에서 아무것도 못 먹고 와서 신나게 둘이 먹었지."
"뭐? 정말??"
"응."
"어쩐지 니가 안 먹는다 했지."
"당연하지! 아직도 소화가 안 되는데!!"
"준성이 배는 대단하구나, 그러고 보면!"
"준희 바보!!"
갑자기 소리치는 이운균. 저 인간이 요새 많이 컸지.
"뭐가 바보야!"
"준성이는 나보다 더 못 먹는 것 몰라?"
"아, 알아. 그러고 보니……."
"바보야, 너 혼자 먹는 게 보기 싫어서 같이 먹은 거잖아. 흑흑. 우리 대장 멋쟁이! 난 역시 대장한테 시집갈래."
그날 밤새도록 준성이는 화장실을 들락날락거려야 했다. 너무 많이 먹어서 배탈이 났기 때문이다. 아무리 생각해 보아도 대단한 놈이다.

하루 종일 일에 시달린 채 죽어라 문서 작성에 임한 나. 너무나도 고된 하루였다. 회사를 마치고 집으로 가는 길에 전화 한 통이 걸려왔다. 처음 보는 번호였다.

"누구세요."

[단도직입적으로 말하겠어요. 전 유림상고 공혜연이라고 해요. 18살이구요, 준성이 오빠랑 만날 수 있게 해주세요.]

참으로 날 당황케 만드는 아이였다. 생전 처음 받아보는 일이라 순간 말문이 막힌 것은 사실이었다. 준성이가 누군가를 만난다는 것에 큰 부정을 하지는 않지만 내가 이렇게까지 피해를 보는 것은 없어야 한다고 생각했다. 부정을 하지 않는 이유는 우린 지금껏 너무 많이 만나왔고, 긴 시간을 사귀었다. 서로에게 길들여질 만큼 길들여졌고, 알고 있는데 한 번쯤은 다른 사람을 만나는 것도 괜찮다고 난 생각했었다. 지금도…….

"공혜연이라고? 너보다 나이가 많으니까 그냥 말 놓을게. 혜연아, 난 막은 적 없거든? 누구한테 무슨 소리를 들은 건지는 모르겠는데 니가 나한테 전화까지 하는 것은 예의가 아니라고 생각해."

[그래서요?]

"뭐?"

[그래서요? 예의랑 사랑이랑 무슨 상관인데요?]

정말 참으로 난감했다. 공혜연이라고 했지?! 나 아무래도 이름

끝에 '연' 자 있는 사람들과 전생에 심각한 적이었나 보다. 18살 때는 윤강연이 그러더니, 23살 되니까 공혜연이 이러네. 나참, 돌아버리겠군. 나보다 어린애한테 화를 낼 수도 없고. 원래 학생 때는 막무가내니까. 나도 그 시절이 있기 때문에 안다.

"저기 난 너랑 별로 통화하고 싶지 않거든."

[오빠를 놔주세요.]

"뭐? 하하, 미치겠네."

뭐야. 마치 내가 준성이를 잡고 있는 것 같이 얘기를 하고 있네, 얘가.

"난 이만 끊어야겠구나. 나한테 전화하지 말고 준성이한테나 열심히 해! 알겠지?"

조금은 화도 나고, 또 내가 이런 일까지 겪어야 하는지에 대해서 몹시 불쾌하기도 했다. 예전 같았으면 준성이에게 쪼르르 달려가서 화내고, 따지고 난리도 아니었을 테지만 굳이 그러고 싶지 않은 마음이 더욱 컸다. 이번에도 믿어서일까? 내가 내 자신을 이렇게까지 모르다니… 한심하기 짝이 없었다.

그 후로 며칠이 지났다. 난 내 스스로에게 마치 주문을 걸듯 매일을 읊조렸다. 믿는 것이라고, 믿는 마음이 큰 것이라고 말이다. 그러나 언제부터인가 준성이의 대한 내 마음이 전과 같지 않다는 것을 조금씩 느낄 수가 있었다. 그것은 생각하는 횟수가 전과는 다르게 내 자신이 놀랄 만큼 줄었고, 연락하는 횟수는 더 더욱 줄었다. 준성이를 만나도 설레이지 않는 내 마음을 이제는 편안해졌기 때문이라고 스스로에게 말했지만 난 그렇게 점점 내 마음속에서 준성이를 배제하기 시작했던 것 같다. 참 웃기다. 고작 몇 달 전만 해도 사랑하고 또 사랑했는데 지금은? 사랑… 고작 이런 건가?

"이걸 일이라고 하는 거야!!"
부장님이 서류철을 집어 던졌다. 순간 사무실 안의 분위기는 너무나도 조용해졌다. 그런 조용함 속에 부장님의 호통 소리만이 크게 울려대고 있었다. 많은 사람들의 시선이 내게로 쏠리는 순간이었다. 어디든 숨고 싶은 심정이었다. 제길.
"넌 도대체 몇 번이나 가르쳐 줘야 말길을 알아들어? 허구한 날 딴생각만 하고 있지?"
"부장님……."
너란다. 넌 도대체 몇 번이나 가르쳐 줘야 말길을 알아듣냐고? 하, 기가 막힌다. 자신이 트집 잡는 것은 생각도 못한 채 언제나 기분파인 사람. 오늘 또 상관한테서 욕을 먹은 것이 분명하겠지. 그래서 내게 푸는 것이겠지. 누가 모를까 봐.
"왜, 울게? 하긴 여자사원들은 울면 다인 줄 알지. 준희 씨도 여자니까 다를 봐가 없어. 그래서야 사회 생활 오래하겠어? 쯧쯧."
이 인간이 말을 비꼰다. 두 주먹을 불끈 쥐었다.

"여자 사원들은 항상 지적을 하면 울고불고하다가 끝내는 사직서 제출한다니까. 왜, 준희 씨도 사직서 쓸 마음 있어?"

기가 막혀서 말이 안 나온다는 말은 딱 이럴 때 쓰는 말일 것이다. 아니, 내가 언제 운다고 했냐고! 내가 언제 사직서 낸다고 했냐고! 왜 제멋대로 착각하면서 난리일까? 그때였다.

"부장님, 말이 심하신 것 아닙니까?"

이 당황스러움과 화나는 분위기 속에서 나를 구원해 준 사람이 있었다. 하나, 처음 보는 사람이었다. 뭐야, 이 사람?

"당신은 뭐야?"

"이정준입니다."

"뭐? 이정준?"

"예."

나를 구원해 준 사람이 자신의 이름을 말하자 부장님 갑자기 인상이 확연하게 바뀌었다. 놀랄 일이었다.

"내일부터 출근 아니었나?"

"오늘 잠시 일하는 곳이 어떤가 해서 와봤습니다."

"아, 그렇군. 처음부터 좋지 못한 모습을 보였군. 준희 씨, 됐어. 자리에 가봐. 자네는 나와 얘기나 하세."

부장은 자리에서 일어나 그 '이정준'이라는 사람들 데리고 사무실을 나갔다. 부장이 나가자 영신 언니 곧바로 뛰어온다.

"야, 야! 저 사람 누구야? 엉?"

"몰라. 처음 보는 사람인데."

"이야, 끝장이다! 봤어, 이름 말하니까 천하의 고집불통 부장님 군소리없이 나가는 것?"

"그래, 봤어."

"어머, 멋지다. 젊어 보이는데 능력까지 무지 있어 보인다. 그치?"

"왜? 관심 생겨?"

"당근이지!!"

"대학생은 어떻게 됐는데?"

"애가 언젯적 얘기를 하는 거야, 대체."

"어, 그래, 미안."

그럼 그렇지. 영신 언니가 대학생한테 관심 같은 것을 가질 사람이 아니었다. 결혼에 관심을 두고 있는 사람인데. 하하, 당연한 결과일지도 모른다.

"아, 그런데 저놈의 부장은 왜 매일 나만 가지고 트집이야? 미치겠네."

"그러게 말이다. 소문에는 저 인간이 관심있는 여사원한테는 일부러 트집을 잡는다는데 사실은 너한테 흑심을 품은 것이 아닐까?"

"하하, 설마. 참아줘."

"왜~ 넌 우리 회사 남직원들이 뽑은 최고의 얼짱 아니야, 얼짱!"

"하하하. 언니, 얼짱이 뭐야!"

"킥킥. 왜~ 재미있잖아~ 최고의 얼짱 박준희!! 와~"

"음료수 먹고 싶구나? 에이, 진작에 말하지 왜 그랬어~"

"어머, 딱 걸렸네~ 킥킥."

얼짱이란다. 하하하. 하여튼 영신이 언니는 가끔 날 너무 웃긴다. 언니와 함께 음료수를 마시러 휴게실로 갔다.

"그래, 유학은 마친 건가?"

"네, 지난달에 마치고 한국으로 귀국했습니다."

고집불통 부장과 이정준이라는 사람이었다. 나와 영신 언니는 휴게실로 들어가려던 걸음을 멈추고 둘의 얘기를 엿듣는 것에 열중했다.

"위쪽에서 정준 씨 스카웃하려고 얼마나 노력했는지 알지?"

"예, 알고 있습니다."

"자네, 참 대단한 사람이야. 아직 20대 후반밖에 되지 않은 사람이 능력이 이렇게나 좋아서……."

"과찬이십니다."

나는 느꼈다, 영신 언니의 땀에 젖은 손이 나의 손을 힘 주어 잡은 것을 말이다. 이미 푹 빠진 듯싶었다. 못 말려.

"애인은 있나?"

"아뇨."

"후~ 하긴 이래저래 공부하느라 생길 여유가 없었겠군."

"아무래도 그렇죠. 좋은 신붓감 있으면 부장님께서 주선 좀 해 주십시오."

"하하. 그러지. 내가 안목이 있지 않은가."

안목은 개뿔. 쳇.

그 시간 이후부터 나는 영신 언니에 대한 놀라움에 다시 한 번 긴장을 해야 했다. 오늘 회사 끝나고 당장 마사지 받으러 가자는 소리를 하지를 않나, 고운 피부를 위해 목욕탕을 가야겠다고 하지를 않나. 하여튼 매사에 얌전하다가 남자 얘기만 나오면 이렇듯 흥분을 한다. 결혼이 급하긴 급한가 보다. 언니의 말처럼 고집불통 부장이 자신보다 낮은 부하 직원에게 오늘 같은 모습을 보여준 것은 의외이긴 의외였다.

"휴우."

한숨이 절로 나온다. 욕먹은 것이 아직 앙금이 남아 있나 보다. 퇴근 시간에 맞춰 운균이한테서 전화가 왔다. 긴급전갈이라면서 당장 자기가 있는 곳으로 튀어오란다. 가고 싶은 마음은 없었으나 집에 혼자 있으면 욕먹은 것이 되살아날 것 같아서 촐싹 부리는 모습이나 구경하러 갔다. 킥킥. 내가 생각해도 내가 우스워 웃음이 나왔다.

"어이, 촐! 나왔어!"

"꺄하하, 준희!"

언제나 즐거운 놈. 쳇.

"어인 일로 너 혼자 있냐?"

"큭큭."

이운균이 웃고 있다. 그 모습이 참으로 멍청해 보였다.

"왜 또 준성이 새로 만나는 애 얘기할 참이냐?"

"와! 준희 귀신이다!!"

그럼 그렇지. 니가 오늘 내 속을 긁으려고 하는 모양인데 난 지금 그것 말고도 신경 쓸 것이 태산 같단다.

"왜? 또 뭔데?"

그러나 아무래도 호응은 해줘야 할 듯싶다. 그래야 신나서 더 촐싹되지.

"난리도 이런 난리는 처음이야. 윤강연보다 더 표독스럽고 더 질겨!"

"표독? 니가 어쩐 일이야, 그런 단어도 쓰고?"

"원래 진지할 때 제어할 수 없는 사람이 나잖아."

"솔직히 말해. 누가 또 그런 단어를 니 앞에서 썼겠지. 얼른 주워담고 얘기하는 거잖아."

"어머, 역시 난 첩 앞에서 숨기질 못해."

"멍청한 놈."

"언제까지 나에 대해서 다 알고 있을 참이야? 날 이제는 놓아줘."

"가당치도 않는 놈."

운균이는 아이스크림이 나오자 게걸스럽게 먹으며 이야기의 꽃을 피웠다.
"그 고딩애 이름이."
"공혜연."
"헉. 너 어떻게 알았어?"
"어쩌다 보니."
공혜연한테 전화 왔다는 말 하기가 조금 그랬다. 내가 꼭 이르는 기분이 되는 것 같아서.
"아니, 준희! 관심없는 척하더니 의외로 열성적으로 뒤를 캐는구나! 장난 아닌걸?"
"마음대로 생각해라. 근데 그 고딩애가 대학교까지 찾아왔어?"
"응!! 장난 아니더라구! 학교 앞에서 진을 치고 준성이를 기다린다니까. 준성이가 씹고, 아는 척도 안 해도 막무가내야. 진짜 거짓말 안 보태고 처음 예은이 봤을 때랑 똑같아! 그래도 예은이는 작기라도 했지, 걔는 키도 크고 몸매도 짱이고 얼굴은 말할 필요도 없고, 환장할 노릇이지!"
"큭큭. 강준성 아주 피곤해서 죽으려고 하겠다."
"어, 말도 마. 준성이는 짜증나서 죽으려고 하지. 애가 원래 그렇게 무서운 면이 있나 보더라. 그러니까 준희 너도 이해하라구~"
"무슨 이해?"
"준성이는 원하는 일이 아니니까 오해 같은 것 말라는 소리지."

"무슨 오해. 그런 것 안 하는데……."

"엥? 뭔 소리야! 너 괜히 질투나는데 숨기려고 하는 거지? 어머, 준희, 내 앞에서 왜 그래?"

"그래, 그래. 알았어, 쫌."

가슴이 차가워지고 있다는 것을 알았다. 내 가슴이 점점 차가워지고 있었다. 권태기… 권태기… 한 번도 느껴보지 못했던 권태기가 나에게도 찾아왔다. 녀석을 안 지 6년 만의 일이었다.

집으로 가는 길에 녀석에게서 전화가 왔다. 조금은 취한 듯한 녀석의 목소리.

"또 술 마셨어?"

[뭐 늘 그렇지.]

별것 아닌 말에 난 화가 났다.

"매일 그렇게 술 마시는 것이 니 삶이야? 그럴 시간 있으면 공부나 한 자라도 더 하지 그래?"

나도 모르게 아침에 잠시 본 이정준이라는 사람이 머리 속에 언뜻 스쳤다.

"어떤 사람은 20살 후반인데 능력 인정받아서 아주 난리더라, 난리! 넌 언제까지 그러고 있을래? 매일 술에, 당구에, 컴퓨터 게임에 아주 노느라 바쁘다, 바빠."

[…미안하다.]

"뭐가 또 미안해. 미안하다는 말 들으려고 한 소리 아니야."

[그냥……. 집에 가는 길이야?]

"어, 나 집에 가는 길이야."

[그래, 집에 조심해서 들어가라.]

전화를 끊고 나니 왠지 모르게 드는 미안함. 그러나 화가 나는 것은 어쩔 수가 없었다. 요즘 들어 준성이가 자꾸 한심해 보인다. 제대를 했으면 마냥 놀기보다는 정신 차리고 자신의 미래에 발버둥 치며 살아야 하는 것이 분명한데 늘 전화하면 술이나 마시고 있고, 그러다 보면 취하고 다음날 정신없이 일어나고… 지난 몇 개월간 그 반복되었던 모습들이 내 기억 속에는 큰 실망이 되어버린 것 같다. 더욱이 오늘은 이상했다. 자꾸만 '이정준'이라는 사람과 '강준성'이 비교가 되어 미칠 것 같다. 사람의 앞날은 알 수가 없다고 한다. 그렇기에 불안함이 더욱 큰 것이다. 나의 지금 솔직한 심정으로 준성이와의 앞날이 막막하다. 두렵다. 하, 우습게도 나도 점점 영신 언니를 닮아가고 있나 보다.

5장 새로 온 대리님

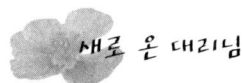 새로 온 대리님

아침부터 회사는 소란스러웠다. 왠지 낯선 분위기에 적응하지 못한 채 이상한 기류를 느끼며 회사로 들어서니 영신 언니를 비롯한 여직원들이 아침부터 화장을 하며 난리를 피우는 것이 아닌가? 아니, 이게 웬 소란?! 밤새 술을 퍼붓고 빨간 두 눈으로 자리에 앉아 꾸벅꾸벅 조는 것이 예삿일이거늘… 놀랍고도 놀랍도다. 나는 영신 언니를 붙잡고 물었다.

"언니, 분위기 왜 이래?"
"떴다."
"뭐가 떴어?"

"킹카가 드디어 우리의 어둠에 동굴 속에도 떴다."
"엥?"
"이정준! 이정준 대리님!!"
"뭐? 대리님?"
"그래! 어제 그 멋진 분께서 대리라는구나!"
"어… 어, 그래?"
"넌 남자 친구 있으니까 신경도 쓰지 말거라. 없는 언니가 열심히 구울게."
"화이팅."

몰랐다, 어제 그 사람이 우리 회사에 새로 올 대리라는 것을. 어쩐지 아침부터 여직원들 분위기가 심상치 않다고 했더니 결국엔 이것이었구나. 아무튼 나와는 상관없으니. 후~

수북하게 쌓여 있는 커피 잔이 담긴 쟁반을 들고 화장실로 향했다. 얼른 씻고 자리에 앉아 있어야겠다. 그런데 오늘따라 커피 잔이 왜 이리도 많은 거야. 정말 마음에 안 들어. 무거운 커피 잔들을 들고 낑낑거리며 가고 있었다. 마지막 커브를 돌면 화장실이 바로 나온다. 하지만 그 생각을 함과 동시에 난 누군가와 부딪쳤고 커피 잔이 수북하게 쌓여 있는 쟁반을 그만 놓치고 말았다.

"꺄악!"

젠장. 내가 소리친 이유는 무릎에서 나오는 피보다 깨진 커피 잔 때문이다. 아악!! 망했다!! 도대체 몇 개가 깨진 거야. 순식간에 떠오르는 확 굳은 부장의 얼굴. 난 정말 망했다.

"괘, 괜찮으세요? 일어설 수 있겠어요? 정말 죄송합니다. 딴곳을 보느라……."

살짝 넘어진 나를 잡아준 사람은 다름 아닌 우리 회사 여직원들의 다크호스 '이정준 대리'. 하지만 그는 상관없었다. 깨진 컵들을 어떻게 해야 할 것인가에만 잔뜩 몰두하는 나.

"괜찮으세요?"

"네."

왜 이렇게 되는 일이 없는지 미치겠다. 오늘 돈 수억 깨지겠구나. 어림 짐작해 보아도 10개는 넘어 보이는데 말이다. 나는 서둘러 깨진 컵들을 주워 옆에 있는 쓰레기통에 넣기 시작했다.

"제가 할게요. 그러다가 다치겠어요."

"아니에요. 제가 할게요. 그냥 가던 길 가세요."

가라는 나의 말에 아랑곳하지 않고 열심히 줍는 이 대리님. 어쩔 수 없이 줍는 것에 동참하였다.

"헉. 다, 다리에 피나요!"

나보다 더 당황한 얼굴.

"네, 알아요."

이 대리님은 갑자기 호주머니에서 뭔가를 꺼냈다. 그것은 손수건이었다. 그러더니 다짜고짜 내 무릎에서 흐르고 있는 피를 닦기 시작했다.

"제, 제가 닦을게요!"
당황한 나는 재빨리 손수건을 빼앗아 피를 닦아냈다.
"정말 미안해요. 정말 제가 실수했어요. 아프지 않으세요?"
"괜찮은데요, 저보다 깨진 컵이 더 문제예요."
"전 컵보다 준희 씨 무릎이 더 걱정인데요."
깜짝 놀랐다. 내 이름을 어떻게 알았지? 우리 회사는 명찰도 없는데 말이다.
"그렇게 놀라실 필요 없어요. 앞으로 다닐 회사인데 동료 이름 정도는 알고 있는 것이 기본이죠."
"아… 네, 이제 다 된 것 같아요. 전 이만 들어가 보겠습니다."
"일어설 수 있겠어요?"
"네! 당연하죠!"
씩씩한 박준희는 열심히 사무실 안으로 들어왔다.
9시가 되자 부장님이 자리에서 일어났고, 그 옆에는 이정준 대리가 서 있었다. 전체 조회 시간이었다. 수많은 여직원들의 눈에는 마치 레이저 광선이 쏟아지고 있었다. 내 옆에 있는 영신 언니 또한 예외가 아니었다. 사무실에 마치 수많은 오로라가 퍼져 있는 착각마저 일으켰다. 무서운 여자들. 킥.
"오늘부터 함께 일하게 된 이정준 대리입니다. 이 대리, 한마디 해야지?"
"안녕하세요. 이정준입니다. 처음이라 서툴고 부족한 면이 많을 텐데 잘 부탁드리겠습니다. 즐거운 회사 생활을 했으면 좋겠습니다."

이정준 대리의 인사가 끝나자 여기저기서 터져 나오는 탄성들. 이미 여성들은 그의 외모와 부드러운 목소리에 매료된 것 같았다. 쓴 커피에 프림과 설탕을 넣은 순간 맛 좋은 밀크커피로 되어버린 것과 동일했다. 그렇다. 이 수많은 여성들은 지금 흥분의 도가니였다. 얼마나 기대가 크겠는가?

"오늘 저녁 이 대리 환영회가 있을 테니 모두 시간 내도록 합시다."

"네!!"

이럴 수가!! 회식을 하자고 며칠 전부터 통보해도 그날이 되면 한두 명이 빠지는 것은 기본이었는데 오늘은 발랄하게 웃기까지 하며 어린아이마냥 대답을 하고 있었다. 아무리 남자가 좋기로서니, 허허허.

"준희 씨, 나 오전에 잠깐 거래처 들렀다 올 테니까 그런 줄 알아."

"네, 다녀오세요."

이렇게 운 좋을 때가 있나. 커피 타오라고 할까 봐 가슴이 조마조마했는데 외출을 하시네. 와, 즐거워라. 부장 외출하는 사이 새로운 커피 잔을 사 오면 되지요. 하하하.

부장이 외출을 하고 30분이 지났다. 난 즐거운 마음으로 핸드백을 들고 밖으로 나갔다. 택시를 타고 마트에 가서 싼 걸로 사 와야겠다. 열심히 택시를 잡고 있는 내 앞에 나타난 은색 렉스턴. 창문이 열리고, 차 안에 있는 사람은 다름 아닌 이정준 대리였다.

"준희 씨, 컵 사러 가는 길이지요?"

"에? 아… 네."

"타요. 나도 마트에서 사 올 것이 좀 있어서 가는 건데 같이 가요."

"아… 네."

이거 큰일이군. 여직원들이 알면 난 최소한 사망이야. 그렇지만 택시 타는 것보다 편하니 이걸 택할 수밖에. 영신 언니, 날 이해해 줘. 당신은 날 이해해야 돼.

"실례지만 준희 씨는 나이가 어떻게 되세요?"

"23살이요."

"아, 그렇군요. 나이보다 훨씬 동안이에요."

"……."

"그런 소리 많이 듣지 않아요?"

"그냥 그래요."

움하하핫. 듣기에 썩 기분 나쁜 소리는 아니네~ 자식, 보는 눈은 있어가지고. 내가 이래 봬도 왕년에는 학교 축제에서 여신도 했었던 사람이라구! 움하하핫.

"난 28살이에요."

"네."

묻지도 않는데 대답 잘하네. 겉모습은 진짜 키도 크고, 피부도 고와서 여자들이 많이 끌릴 스타일이었다. 그러나 솔직히 멍청한 강준성보다는 못하지만~ 그래, 그 인간이 능력은 없어도 생긴 건 참으로 멀쩡하지. 쳇.

"준희 씨는 애인 있어요?"

"네."

"하… 하."

"왜 웃으세요?"

"매사에 늘 그렇게 딱 잘라 말해요?"

"네?"

"제가 지금까지 질문을 하면 한 번의 망설임 없이 대답했거든요."

"왜 망설여야 하는데요?"

"네? 하하… 자꾸 그러시면 저 민망하잖아요."

"민망할 것도 참 많으세요. 민망해하지 않으셔도 돼요."

이 사람 참 생긴 것 맞지 않게 소심한 거야, 뭐야? 그나저나 앞으로 준성이를 어떻게 해야 할까? 헤… 어져야… 헉. 미쳤다, 미쳤어. 미쳤다, 정말! 박준희 돌았다, 돌았다!!

"준희 씨!"

"네?"

"무슨 생각을 그렇게 골똘히 하세요?"

"아니에요."

"애인하고는 얼마나 사귀었어요?"

"왜 이렇게 궁금한 게 많으세요?"

"그렇죠? 이상하네요. 준희 씨한테는 궁금한 것이 많네요. 거 참."

"6년 됐어요."

"헉. 6년이요?"

"네."

"그럼 도대체 몇 살 때부터 사귄 거지?"

"18살이요."

"우와~ 정말 어릴 때부터 사귀었네요? 대단하다. 지금쯤이면 죽고 못사는 시기보단 없으면 허전하겠네요? 그렇죠?"

그렇죠. 정말 그런 거죠? 죽고 못사는 시기보단 없으면 허전한 것이겠지요? 그만큼 우리는 오랫동안 함께했으니 이젠 흥분, 떨림 이런 감정들은 잊어야 하는 거겠죠? 그런데 난 요즘 자꾸만 뒤를 돌아보고 있어요. 마치 모르는 길을 가는 사람같이 가도가도 그 길이 아닌 것 같아서 왔던 길을 다시 돌아보고, 그러다 다시 걷는 것같이… 나도 점점 뒤를 돌아보고 있어요.

이정준 대리와 함께 마트를 돌아다녔다. 커피 잔이 수두룩한 곳으로 가서 15개나 구입했다. 대체 얼마나 깨지는지… 눈앞이 캄캄

하다. 내가 깼으니 내 돈으로 사는 것은 당연한 이치.

"전 다 샀으니 대리님 사실 것 사세요."

"……."

"그런데 뭐 사시려구요?"

"준희 씨 마음."

"네??"

급기야 커진 내 목소리는 이미 수습할 길이 없었다. 황당해서 이정준의 얼굴을 빤히 쳐다보자 이 사람 얼굴이 새빨갛게 되어 어쩔 줄을 몰라 하고 있었다.

"지금 그거 개그죠?"

"네? 아… 네."

"아니, 개그를 하시려면 웃기셔야지 왜 놀래키고 그러세요."

"하… 하, 놀랐어요?"

"네, 무지 놀랐어요."

정말 개그와는 어울리지 않는 사람이다. 만약 저 소리를 이운균이 했더라면 난 아마 그 자리에서 자지러졌을 텐데. 푸하하, 생각해 보면 상당히 센스있고 웃긴 말인데 저 사람이 하니깐 어이없을 만큼 황당하다. 역시 어울리는 사람이 따로 있어. 쿡.

그 후로 이 대리님은 혼자서 어색해하는 듯했다. 진짜 소심한 사람인가 보다. 개그 같지 않다는 말이 그렇게도 창피했나? 에이, 그냥 억지로라도 웃어줄 걸 그랬나. 내가 너무 솔직했어. 다음부터는 약간이라도 웃는 시늉이라도 해야겠다.

"7만5천 원입니다."

아악. 세상에나 저게 도대체 나의 며칠 용돈이란 말인가. 아픈 가슴을 애써 외면하며 카드를 꺼냈는데…

"여기 있습니다."

십만 원짜리 수표를 내며 먼저 계산하는 이 대리님.

"이러시지 않으셔도 되는데……."

"제가 조심만 했으면 깨질 일도 없었을 것 아니에요. 준희 씨 무릎도 다쳤는데 제가 내는 것이 당연하죠."

"네, 감사합니다."

다행이다. 며칠 용돈이 순식간에 날아가는 줄 알았는데 용케도 어떻게 알았는지 그것을 단번에 내주었네. 으흐흐흐. 참으로 다행이다.

이 대리님과 다시 회사로 돌아와 새로운 커피 잔들을 쟁반 위에 올려놓았다. 왠지 모를 뿌듯함. 휴대폰을 가지고 가지 않은 사이 부재중 전화가 와 있었다. 모두 준성이었다. 나중에 전화해야겠다. 지금은 해야 할 일이 쌓여 있다.

퇴근 시간이 될 무렵 외출 나가셨던 부장이 들어왔고, 우리는 모두 일을 끝마치고 회식 장소로 향했다. 그런데 회사 정문 앞에 서 있는 사람, 그것은 바로 준성이었다. 낯선 남자의 출현에 모두들 누구냐며 묻고 있었고, 난 잘 떨어지지 않는 발걸음으로 준성이가 서 있는 곳으로 갔다. 뒤에서 들려오는 환호성.

"웬일이야?"

"전화를 받지 않길래 걱정돼서 왔다."

"바빴어. 이따가 전화하려고 했는데……."

"배고프지? 밥 먹으러 가자."

나를 잡아끄는 준성이의 팔을 뿌리쳤다.

"나 오늘 회식 있어."

"……."

"그러길래 무턱대고 왜 왔어?"

"빠지면 안 돼?"

"안 돼. 오늘 새로 온 대리님 환영회야."

"그래… 알았어. 회식 끝나고 전화해. 데리러 올게."

"……."

준성인 다시 택시를 타고 갔다.

"준희 씨 애인이지? 이야, 실물이 더 낫네. 엄청 잘생겼어!"

"선남선녀가 따로 없구만."

"준희 씨, 애인이랑 헤어지면 나한테 와! 알겠지?"

남자직원들의 장난스러운 말들. 어느새 내 옆으로 달려온 영신 언니는 감탄을 금치 못했다. 영신 언니와 달려온 옆 부실 지혜 언니.

"진짜 아무리 보아도 참 인물이 훤해."

지혜 언니 역시 영신 언니 못지않게 감탄했다.
"얼굴이 다는 아니죠."
"어??"
"아니에요."
"그런데 왜 왔대?"
"바빠서 전화를 받지 않았더니 걱정돼서 왔나 봐요."
"얼~ 생긴 것도 모자라 하는 짓도 멋있다니. 하긴 돈이 없으니 몸으로라도 때워야지."
"네?"
"아, 아니야. 얼른 가자."

"하긴 돈이 없으니 몸으로라도 때워야지."

너무나도 신경 쓰이는 말이 아닐 수가 없었다. 기분이 나쁘기도 하고 한편으로… 기분만 나빠야 하는데 다른 면까지 생각하는 내가 이상할 정도로 이해가 되지 않았다.
환영회가 시작되었고, 부장님이며 과장님이며 이 대리님한테 술을 주느라 정신이 없었다. 난 구석에 앉아 연실 술을 부으며 홀짝홀짝 마셔댔다.
"여자와 남자의 목표는 다르긴 다르지."
앞에 앉은 남사원과 여사원의 대화 소리가 들렸다.

"뭐가 다른데요?"
"남자의 목표에는 두 가지이고, 여자의 목표는 한 가지이지."
"그게 뭔데요?"
"남자의 목표는 명예와, 여자."
"여자는요? 남자?"
"아니."
"그럼?"
"돈 많은 남자!"
"하하하, 정말 맞는 말이네. 진짜 맞네!!"
그들의 대화에 피식 웃음이 나왔다.
"준희는 언제까지 그 대학생 남자 친구랑 사귈 거야? 남자 친구 학교 졸업하고 취직할 때까지 기다리려면 준희는 늙고 병들어 있는 것 아니야?"
지혜 언니의 이유 없는 괜한 트집.
"언니가 무슨 상관이에요? 상관하지 마세요."
"어머머, 준희는 장난한 것 가지고 화난 거야?"
"아니요. 무슨 화요. 화나지 않았어요."
"준희야~ 언니가 장난친 거야. 화내지 말아~"
"아, 네!"
재수없는 사람이네. 마음에 안 들어. 기분 한창 나쁠 무렵 이 대리님이 내 옆으로 왔고, 내게 술을 권했다. 마음도 상했다 싶어서 한잔 술을 받아 이내 마셨다.
"아까 그 사람 애인 맞죠?"
"네."
"되게 멋지던데요."
"네."
"싸웠어요? 기분 나빠 보이네."
"싸우긴요. 싸울 게 뭐가 있다고……."
순간 눈물이 핑 돌았다. 준성이가 다른 사람에게 그런 취급을 받으니까 기분이 좋지 않았다. 모두가 그렇게 생각하겠지? 나와 준성이 사이를 보면 미래가 없다고 콧방귀나 끼고 있겠지? 그렇겠지? 준성이는 나밖에 모르는데… 나도 그래… 나도…….
더 이상 자리에 있기가 싫어 핸드백을 가지고 식당에서 나왔다.
"준희 씨, 어디 가요? 네?"
"집에 가려구요. 속이 좋지 않네요."
"바래다드릴게요."
"아니에요. 괜찮아요. 택시!!"
서둘러 택시를 잡아탔다. 오늘은 일진이 좋지 않는 것 같다. 아침부터 컵을 와장창 깨지 않나, 괜한 말에 휘둘리지를 않았나. 바보같이 눈물이 나려고 하지를 않나…….
집 앞에서 내렸다. 집 앞 계단에는 준성이가 앉아 있었다. 바보 같은 내 남자 친구 강준성이 앉아서 나를 기다리고 있었다. 울컥거린다. 울고 싶지 않은데… 자꾸만 울컥거리고 있다.
"일찍 왔네? 늦게 올 줄 알았는데……."
"속이 안 좋아서……."
준성이가 내게 내민 것은 색깔이 고운 장미꽃 한 송이였다.
"길 가는데 꽃 보니까 네 생각 나서 샀다."
한 송이 장미꽃…….
"고마워."
"다음에는 더 멋진 걸로 줄게. 기대해."
"으… 으앙!!"
준성이가 준 장미꽃 한 송이를 들고 난 바보처럼 펑펑 울었다. 오늘 나는 너무나도 서러웠나 보다. 그 서러움이 터져 버렸고, 준성이 앞에서 눈물로서 표현을 해버리고 말았다. 나를 안아준 준성이의 든든한 품에, 나를 다독거려 주는 따뜻한 준성이의 두 손에 난 아무런 말도 못하고 울기만 했다.

혹시 술 마시고 펑펑 운 다음날 거울 속에 비치는 한 마리의 곰을 본 경험이 있는지. 아주 깜짝 놀랐다. 도대체 박준희는 어디를 가고 곰 한 마리가 떡하니 앉아 있는지 모르겠다. 이 부은 얼굴과 눈을 보아라. 어이가 없다. 상상초월이다. 아침부터 얼음찜질을 하느라 정신이 없었다. 박준영이 내 얼굴을 보더니 기겁을 하며 혀를 찼다.

"미쳤군, 미쳤어. 호빵이 따로 없네."
"나 미쳤지? 얼굴 왜 이래!"
"어제 술에 떡이 되어서 형한테 업혀 오더만."
"엉?"
"업혀 왔어, 너!"
"그, 그랬냐?"
아니, 언제부터 필름이 끊긴 거지? 장미꽃 들고 울었던 것은 기억이 나는데 그 다음부터는 전혀 기억이 안 나네. 미쳤구나, 박준희. 드디어 돌았어. 하하하.
"준성이는?"
"누나 침대에 눕히고 바로 갔지."
"응."
"뭔 일 있었냐?"
"아니. 왜?"
"아니, 그냥……."
"아무 일도 없었는데?"
"그래, 그럼 됐고. 난 더 자야겠다. 출근이나 해라."
"응."
30분 냉찜질에 엄청 부었던 얼굴은 조금이나마 수습을 할 수가 있었다. 생각보다 다행이었다. 가벼운 마음으로 출근하기 위해 화장을 하려는 순간 화장대 옆에 놓여 있는 약봉지. 이것은 속 아플

때 먹는 약이었다. 분명 준성이가 어젯밤 사놓고 간 것일 거다. 내가 속이 안 좋아서 일찍 왔다고 했으니까. 준성아… 넌 아직도 바보구나.

사무실 앞 휴게실에서 담배를 피우고 있는 남사원들이 보였다. 그중에는 이 대리님도 있었다.
"대리님은 이상형이 어떻게 되세요?"
"저는… 키 크구요, 머리가 아주 길구요. 참, 생머리여야 돼요. 묻는 말에 시원스럽게 대답하고, 똑 부러지는 사람."
"누가 있나 봐요? 그죠?"
"네? 하하하. 글쎄요."
"와~ 있나 보네. 누구지? 누구? 지혜 씨? 미정 씨? 아니면 아, 옳지! 박준희 씨?"
물음에 웃기만 하는 이 대리님. 순간 뜨끔했다.
"노 코멘트!"
담배를 끄고 나오려는 이 대리님과 마주치지 않기 위해 뛰기 시작했다.
"어라, 준희 씨?"
젠장이다. 아휴!
"아… 안녕하세요."
"어제는 잘 들어갔어요?"

"네! 먼저 들어갈게요!"

오전에 말한 이 대리님의 이상형의 대한 전모는 급속도로 온 회사 안에 퍼지기 시작했다. 생머리인 지혜 언니와 미정 언니는 기분이 상승되었고, 나머지 여직원들은 울상이었다. 그중에서 광분하는 사람이 있었으니… 그것은 단발머리의 영신 언니라네. 굳은 표정의 영신 언니는 전화기를 들더니 어디론가로 전화를 했다.

"여보세요? 잘 나가는 헤어숍이죠? 거기 머리 붙이는 데 얼마죠?"

"허억. 언니!!"

나는 후닥닥 전화기를 뺏어 끊었다. 그런데 헤어숍 이름도 참… 잘 나가는 헤어숍이 뭐야.

"왜! 나 머리 붙이고 말 거야!"

"말도 안 되는 짓 좀 하지 마!"

"뭐가. 뭐가!"

"웃기잖아. 이 대리님이 생머리 여자가 이상형이라고 했다고 바로 머리 붙이고 다음날 나타나면 사람들이 언니를 얼마나 우습게 보겠어!"

"아니, 왜 하필이면 긴 생머리를 좋아하는 거야."

"그리고 언니가 뭐 하러 그 사람 틀을 맞추려고 해! 언니 모습 그대로를 보여줘야지! 안 그래?"

단순한 우리의 영신 언니. 금세 두 눈이 초롱초롱 빛이 난다.

"그렇지?"

"당연하지! 그러니까 돈 아깝게 머리 붙일 생각 꿈에도 하지 마!"

"맞아. 내가 뭐 하러 머리를 붙여! 쳇. 내가 잠깐 돌았어! 하하하."

"어, 그래! 언니, 정신 차렸구나? 자, 어서 이 대리님 한번 보고 와!"

"응! 그래야겠어!"

못 말린다. 나보다 분명 나이가 많은 것은 사실인데 하는 행동 보면 절대로 그렇지가 않단 말이야. 쿡. 그것이 언니의 매력일지도 모르지만.

"야, 박준희!!"

이 대리님을 보러 나간다던 영신 언니가 1분도 채 안 되어 도로 내게로 왔다.

"왜?"

"사람들이 그러는데 지금 지혜 아니면 너라고 난리다! 어떻게 된 거야?"

"뭐가?"

"이정준 대리님 이상형 말이야!"

"아니, 대리님 이상형이랑 나랑 무슨 상관이야, 진짜!!"

"허억! 준희, 화내는 거야?"

"나는 지금 그것 말고도 신경 쓸 일이 태산이야. 언니까지 그러지 마."
"아, 알았어. 미안해, 준희야. 내가 오버했어."
"치이, 오버한 것 알았으면 됐어! 하하."

"저는… 키 크구요, 머리가 아주 길구요. 참, 생머리여야 돼요. 묻는 말에 시원스럽게 대답하고, 똑 부러지는 사람."

"매사에 늘 그렇게 딱 잘라 말해요?"
"네?"
"제가 지금까지 질문을 하면 한 번의 망설임 없이 대답했거든요."

설마… 아니겠지. 하하하. 말도 안 되지. 이정준 대리가 설마 나를 지목하고 한 소리겠어? 그렇지 말도 안 되지. 역시 박준희 쓸데없는 생각하는 데는 일인자라니까. 갑자기 별의별 생각이 다 들면서 머리가 아파지기 시작했다. 그렇지 않아도 신경 쓸 일이 많건만……

이 대리가 온 지 2주가 지났다. 아직도 회사 안의 여직원들은 그를 잡기 위해서 안달이 나 있는 상태였지만 어쩐지 그는 만나자는 여직원들의 말들을 모두 애써 무시하고 피하는 것이 일쑤였다. 물론 영신 언니도 제외는 아니었다. 모두들 상심에 빠진 채 회사 생활을 하고 있는 듯했다. 한 사람에게 안달나 있는 모습들이 가끔은 부럽기도 했다. 내 가슴은 너무나도 무뎌져 있는데 저들은 무언가에 설레이고 있다는 그것 자체가 참으로 날 부럽게 만들었다.

회사 앞 공터로 나갔다. 오늘은 무척이나 한가해서 좋다. 공터에 있는 수돗가로 가서 물을 틀었다. 물이 흘러나온다. 투명한 물줄기가 콸콸 쏟아져 내리는데 가슴속이 잠시나마 뻥 뚫린 듯하다.

"뭐 하세요?"

"앗, 깜짝이야!"

이 대리였다. 아니, 이 사람은 일도 안 하나.

"놀랐어요?"

"네!"

미안했는지 머리를 긁적인다. 그 모습이 하도 어이가 없어서 웃어버렸다. 그랬더니 이 대리도 나를 따라 덩달아 웃었다.

"준희 씨."

"네."

"나 정말 사고 싶은 것 있어요."

"뭔데요?"

"준희 씨 마음이요."

아니, 이 사람이 마트에서 그렇게 창피를 줬음 그만 해야 되지 않나? 웃기지 않는다니까 왜 자꾸 이런 농담을 하실까? 미치겠네.
"농담 아니에요."
"아, 그럼 진담이세요?"
"네."
"네??"
장난으로 한 말이었을 뿐인데… 매우 진지한 눈으로 '네'라고 대답하는 이 사람. 이럴 때는 어떻게 피해가야 하지? 앞에 대고 이러니 민망했다.
"첫눈에 반했어요."
순간 할 말이 더 없어졌다.
"저 남자 친구 있어요."
"알아요."
"그래요? 알면 됐어요."
피하는 것이 상책이다. 수돗물을 빠르게 잠그고 빠져나가려는 찰나 이 대리의 손이 나의 손목을 잡았다.
"질질 끄는 건 서로에게 상처만 될 뿐이에요."
"뭐요?"
"이미 마음 끝났잖아요."
"뭐가 질질 끌고, 또 뭐가 끝났어요?"
"남자 친구에 대한 준희 씨 마음이요."

"대리님이 뭘 아신다고 남의 일에 참견이세요?"

"속이지 말아요. 속이는 것도 자기 자신에게 할 짓 못 돼요."

"속인다구요? 누가요? 내가요? 내가 내 자신을요?"

"준희 씨는 알고 있어요. 다만 인정하고 있지 않는 것뿐이에요. 이미 다 알고 있으면서도 두려워서 애써 모르는 척하고 있는 것이라구요."

"전 대리님한테 관심없어요. 저 말고 대리님한테 관심 갖는 여직원들 많으니까 그중에서 만나보세요."

잡고 있는 손을 거세게 뿌리쳤다. 가슴속이 심하게 울렁거리기 시작했다. 그대로 뛰었다. 회사 안으로 들어가 눈에 보이는 화장실로 뛰어들어 갔다. 화장실 문을 잠그고 거울을 보니 이미 내 눈에는 눈물이 흘러내리고 있었다. 난 왜 울고 있을까? 왜 눈물이 나고 있을까? 화가 나야 하는데 바보같이 왜 눈물이나 흘리고 있는 걸까?

"준희 씨는 알고 있어요. 다만 인정하고 있지 않는 것뿐이에요. 이미 다 알고 있으면서도 두려워서 애써 모르는 척하고 있는 것이라구요."

준성아… 나 어떡하면 좋아. 강준성, 박준희 어떡하면 좋니. 나 너한테 이러면 안 되는 거잖아. 이러면 정말 나쁜 년이잖아. 너는

늘 한결같고 좋은 사람이었는데 내가 이렇게 마음이 변해서 뒤돌아서면 너는 어떡해. 그때 너는 정말 어떡해.

미안해, 준성아. 나 정말 모르는 척하고 있는 것이 맞나 봐. 아니겠지라고 생각하고 싶은 것 맞나 봐. 나보다 힘들어할 니 모습이 눈에 밟혀서 인정하지 못하는 것인가 봐.

내가 미치겠는 것은 전에는 준성이의 좋은 모습만 눈에 보였고, 그것이 오히려 사랑이 되어 행복했는데 요즘 들어선 단 한 가지 단점에 좋았던 아홉 가지의 장점들이 사라져 버렸다는 것에 있었다. 아무리 좋았어도 단 한 가지. 단점에 난 준성이의 모든 것들이 마음에 들지 않고 싫었다. 단 한 가지… 그 단 한 가지…….

망치가 있다면 이기적인 내 머리 속을 깨뜨리고 싶을 정도였다. 난 내가 너무 밉다.

"먼저 퇴근하겠습니다."

도망치듯 회사를 나왔다. 부장보다 먼저 퇴근을 하다니……. 하지만 오늘은 부장이 뭐라 하든 그 소리가 내 귀에 들어올 리가 없었다.

나는 시내로 나와 가끔 가는 BAR로 들어갔다. 칵테일 한 잔을 시켜놓고 오늘 이 대리가 내게 했던 말을 다시금 상기시켰다. 준성인 내가 헤어지자고 하면 어떤 반응을 보일까? 분명히 모르는 척, 들리지 않는 척 행동하겠지? 그리고 나서도 내가 진짜라고 하면 화를 내겠지. 말도 안 되는 소리 하지 말라며 없던 일 취급하겠지, 그게 강준성이니까. 준성인 내가 이런 생각 하고 있다는 것을 알고 있을까? 아마도 모를 거야. 그 바보는 둔하니까 아마도 눈치채지 못했을 거야.

"왜 혼자 술 마셔요? 같이 마셔요."

이 대리다.

"스토커세요?"

"네. 스토커 하기로 작정했어요."

"대리님 같은 스토커는 필요없어요."

"나도 칵테일 한잔하러 왔어요. 그것도 안 되는 건가?"

"네, 그러세요. 혼자 한잔하고 가세요."

자리에서 일어섰다.

"준희 씨, 그냥 있어줘요. 내가 그렇게 싫어요?"

이 대리의 눈을 보니 쉽사리 나갈 수가 없어졌다. 이상한 기분이었다. 난 마지못해 다시 의자에 앉았고, 이 대리와 얘기를 나눴다. 나와 술잔을 번갈아 바라보는 눈동자가 꽤나 진지했다. 얼핏 보면 슬퍼 보이기도 했다. 술잔을 계속 만지작거리며 입술을 질끈 물다 쓴미소를 짓기도 했다.

"나도 4년 사귄 여자가 있었죠."

왜 그가 그렇게도 입술을 질끈 물고, 쓴미소를 짓고 있었는지에 대해 알 수 있는 말이었다.

"20살부터 시작해서 23살까지……."

"네……."

그의 이야기가 듣고 싶었다. 그의 연애에 관심이 있어서 그런 것이 아니라 나와 상황이 같았기에 그의 여자가 곁을 떠난 이유를 알고 싶어서였다. 4년이나 사귄 그녀는 왜 그를 떠나야만 했을까.

"그 사람은 준희 씨 같았어요."

"네?"

뜻밖이었다. 나와 같다니…….

"똑 부러지고, 늘 자신감에 차 있고 당당했죠. 난 그런 그 사람의 모습이 좋았어요. 멋있어 보였거든요. 내게 있어선 늘 멋진 여자였죠. 학생일 땐 동등한 관계였죠. 그러나 그 사람이 사회에 진출하고부턴 난 언제나 뒤쳐져 그 사람의 꽁무니만 쫓고 있었어요. 미련했죠. 나도 죽어라 열심히 하는데 그 사람 눈에는 내가 철없어 보이고 무능해 보였겠죠. 날 믿고 있음에도 두려웠던 거죠. 왜냐하면 사회에는 나보다 훨씬 능력있고, 미래가 있는 사람이 많았거든요. 혼자서 그들과 타협을 한 셈이죠. 나랑은 안 된다고…… 나랑은 미래가 없다고……. 혼자서 결론을 모두 지어버린 거죠."

대리님의 얘기를 듣고 있다 나도 모르게 울컥했다. 지금의 내가 흔들리고 있는 이유와 4년간 사귄 이 대리님에 그녀의 이유가 같았기 때문이다. 사실 두려움이 앞섰다. 사랑만 있으면 된다고 믿었던 내 사랑에서 나는 그것만으로는 안 된다는 것을 절실하게 느겼고, 속된 말처럼 사랑이 밥 먹여주냐는 것에 점점 동조를 하고 있었기 때문이다.

"그만 할까요?"

우는 내가 신경이 쓰였던 모양이다. 난 아니라며 고개를 저었고, 이 대리님은 다시 이야기를 시작했다.

"알고 있었어요, 그녀가 점점 마음이 변하고 있다는 걸……."

"어떻게 알아요? 내색을 많이 했나요?"

"글쎄요, 그녀는 내색을 하지 않는다곤 했겠지만 난 한눈에 알 수 있었어요. 곧 끝날 사랑 앞에는 사랑이 끝난 사람보다 하고 있는 사람이 더욱 잘 아는 법이죠. 충분히 느낄 수 있었지만 보낼 수가 없었어요. 4년…… 이 오래된 시간 동안 난 그녀 없이는 안 되는데…… 죽어도 안 되는데 혼자서 발버둥 친 셈이죠. 어떻게든 변한 그 마음을 잡아보려 애를 썼지만 되지 않더군요."

"결국에는 헤어지자고 했나요?"

"……"

나의 물음에 이 대리는 쉽사리 대답을 하지 못했다. 아니, 못했다기보다는 할 수가 없어 보였다. 그 쓰린 기억으로도 충분히 상처가 되살아났나 보다. 분명 충격이 컸던 것이다.

한참이 지나서야 대답했다.

"울면서 헤어져 달라고 하더군요. 더 이상 사랑할 수가 없대요. 사랑이 끝났대요. 더 이상은 못하겠다며 제발 헤어져 달라고 하더군요."

씁쓸했다.

"알았다고 했어요. 헤어져 줄 테니까 울지 말라고 했죠. 그리고 끝이 났어요. 그녀가 떠난 후 식음을 전폐하고 죽은 사람같이 살았죠. 그러다 안 되겠다 싶어서 공부를 하기 시작했어요. 대학을 졸업하고, 바로 유학을 갔죠. 헤어진 6년이란 시간 동안 난 그녀를 잃었지만 그녀가 그렇게도 원하던 명예는 얻었어요."

"…잘하셨어요."

"이제 나한테 사랑은 없을 것이라고 믿었는데 우습게도 준희 씨가 왔네요."

"……"

"거짓말이라고 믿어도 좋아요. 난 준희 씨한테 첫눈에 반했으니까……"

"제가 떠난 그녀를 닮아서 끌리는 것은 아니에요?"

"달라요. 생김새도 말투도…… 닮은 건 당찬 것뿐이에요."

기분이 묘했다. 이 대리님의 말이 진심이라는 것쯤은 알 수가 있었다. 설사 거짓이어도 나와는 상관없었다. 그가 내게 자신의 마음을 이야기했으면 그것으로도 충분한 것이다.

"그 여자 분 다른 사람이 있었죠?"

내 말에 이 대리가 허탈하게 웃었다. 아무래도 맞는 듯하다.

"같은 직장 상사더라구요."

그녀와 나는 상황은 같을지 모르지만 결과는 다르다. 그녀는 새로 찾아온 사랑 앞에서 이정준이란 사람을 버린 것뿐. 난 사랑이 와서 전 사랑을 버리려는 것이 아니다. 그것이 다르다.

"달라요."

"네? 뭐가요?"

"대리님의 그녀와 나. 상황은 비슷할지 모르지만 많이 달라요."

"뭐가 다르죠?"

"흔들리고 있다고 믿는 것뿐이에요. 흔들리는 것은 잡을 수 있겠죠. 벌어지고 있는 틈은 어쩔 수 없다 하여도 흔들리고 있는 나뭇잎은 잡을 수 있어요. 바람만 불지 않으면 되거든요. 전 그것을 믿고 있는 것이에요. 일시적이고, 단순한 이 시기가 어서 빨리 지나기만을 바라고 있는 거죠."

지금 흔들리고 있는 준성이의 대한 마음… 잡을 수 있겠지. 그래, 잡을 수 있을 거야. 잡을 수 있는데도 그러지 못해서…… 그래서…….

"제 자신이 더 미운 것뿐이에요."

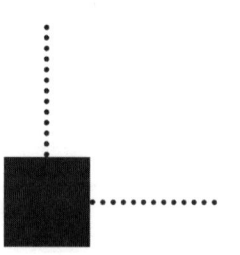

6장 이 대리 VS 고딩 얼짱

운균이 녀석에게서 또 하나의 사실을 알게 되었다. 준성이한테 미치도록 작업을 걸고 있는 유림상고의 공혜연이라는 아이가 이번 유림 얼짱 선발대회에서 1위를 했다고 한다. 유치해서 살짝 웃어주었다.

"아하하하. 얼짱이래!"

"요즘 얼짱이 인기가 얼마나 좋은데!"

흥분한 운균이의 입 주변에는 침이 잔뜩 고여 있다. 생긴 것이랑 똑같이 행동하는 놈.

"이야, 얼짱이 따라다니기까지 하다니 좋겠다? 얼~ 강준성~"

운균이 옆에서 꽤나 굳은 표정을 짓고 있는 준성이를 향해 좋겠다며 야유를 보냈다. 그러자 인상을 박박 써대며 담배를 들고 휑하니 나가 버렸다.

"준성이는 괴로워하고 있어!"

"왜?"

"그 여자애 무서워! 얼마나 집착이 심한지 두려움에 몸서리를 치고 있다니까!"

"이야!! 이운균!!"

"으응?"

"너 미쳤어? 몸서리라니! 몸서리라니!!"

"그게 뭐?"

당황한 나는 운균이의 머리를 대뜸 짚었다. 이상하다, 분명 열은 없는데.

"왜?"

"아니, 니 머리에서 어떻게 그렇게나 어려운 단어가 나오나 해서 순간 어디 아픈가 했지."

"아아악! 박준희 싫어!!"

"아하하하."

내가 이 맛에 살지요. 너무 즐거워서 참을 수가 없네. 이운균은 상심했는지 내 쪽으로는 시선을 돌리지도 않은 채 방구석에 쭈그리고 앉아 있었다. 유치하기는. 하지만 사실인걸~ 사실 보통 사람이 그런 단어를 쓰면 당연한 것이었지만 운균이가 쓰면 매우 놀라운 일이지. 킥킥. 장난치는 것이랑 주접 떠는 것밖에 모르는 저 인간의 머리에서 가끔씩 쏟아지는 보통 지식이란 날 매우 당황케 만든다.

"심술꾸러기 마녀야! 전화벨 울려!"

어느새 심술꾸러기 마녀로 전락해 버린 나. 발신 표시를 보니 이정준 대리였다. BAR에서 함께 술을 마신 이후로 전화가 오기 시작했다. 한두 번은 받았지만 이정준 대리의 마음을 아는 이상 전화를 계속 받을 수가 없었다. 하지만 어디서 오기가 생겨나는 것인지 정말 끊임없이 지칠지도 모르고 전화를 한다. 큰일이군. 나는 이 대리님, 준성이는 고딩 얼짱. 아주 골고루 하는구나, 골고루!

"와! 드디어 포착!"

베란다에 기대어 마냥 즐거운 듯 소리치는 이운균. 또 무엇을 포착하셨나요? 앞집에서 옷 갈아입는 아가씨를 포착?! 네 이놈!!

베란다로 가보니 뜻밖에도 빌라 앞 공터에 유림상고 교복을 입은 아이가 서 있었다.

"세상에……."

내가 이렇게 놀라는 이유는?! 예뻤다. 괜히 얼짱이 아니군. 아니야. 웬만한 연예인은 저리 가라인데?! 이야, 강준성 좋겠다.

"이제 곧 있으면 대장이 나올 거야!"

"그럴 거야, 아마!"

난 이미 운균이와 함께 즐거워하고 있었다. 즐거워하면 안 되는 분위기인데 대체 내가 왜 이러는지……. 나와 운균이는 들키지 않기 위해 쪼그리고 앉아 작은 틈새로 얼짱을 관찰하기 시작했다.

"저렇게 보면 참 멀쩡해 보이지?"

"어? 왜? 쟤 이상해?"

"나 같아."

운균이의 말에 깜짝 놀랐다. 세상에 그럼…… 저 아이도??

"진심이야? 정말 너 같아?"

"응."

암담해 보이는 운균이. 진실이다.

"저 아이 앞날이 걱정이다. 너 같은 인물이 또 하나 있다니……. 이보다 더한 공포는 없어. 휴~"

"흥. 준희 싫어!"

"이게 어디서 앙탈이야, 앙탈은!"

손끝을 세워 운균이의 양 볼을 꼬집어주었다. 볼이 꽤나 아팠는지 아주 죽을 시늉을 하고 난리다. 소리치려는 운균이의 입을 당장 막았다. 왜냐하면 강준성이 나왔기 때문이다.

"강준성 나왔어."

순간 이운균 침 넘어가는 소리가 들리는 듯하다. 나보다 더 즐기고 있는 놈이다.

준성이의 표정은 화가 나 있는 것 같았다. 저 고딩 얼짱이 대체 무슨 짓을 했길래 저럴까?

　천천히 걸어오는 준성을 본 고딩 얼짱은 한쪽 엉덩이를 왼쪽으로 빼고 한쪽 손은 앙증맞게 흔들며 인사를 건네고 있다.

　"큭."

　나도 모르게 웃음이 나왔다.

　"거봐, 심상치 않지?"

　"응. 엉덩이를 왜 왼쪽으로 빼면서 인사해?"

　"그것이 저 아이만의 특징이야. 한마디로 제정신은 아니지."

　"그래, 딱 너네."

　입을 삐쭉거리는 운균이. 메롱이다, 자식아.

　그때 갑자기 얼짱의 입에서는 요즘 한창 인기 여세를 몰고 있는 장안의 화제 당근송이 흘러나왔고 당근송에 맞추어 흔드는 춤은…… 매우 엽기적이었다. 가사에 맞춰 추는 듯 보인다. 절대로 내 머리로는 이해 불가능한 아이였다.

　"하하하!"

　강준성의 웃음소리가 들렸다. 하긴 몰래 지켜보는 우리도 웃겨서 죽을 판국인데 면전에 대고 있는 준성이는 오죽 할까? 준성이가 웃자 얼짱의 입은 귀까지 걸려 찢어질 듯했다. 저 아이는 저런 상황에서도 웃음이 나올까? 창피하지도 않나?

　"이야! 드디어 웃었다! 오빠 드디어 웃었다!! 야호~"

　깡충깡충 뛰어다니며 두 손을 흔드는 얼짱. 그렇다면 저 아이는 준성이를 일부러 웃게 하기 위해서 저런 요상한 춤을 구사했다는 말인가? 정말?

"오빠! 나 오빠 웃는 것 처음 봤어요. 진짜예요! 원래 멋있지만 웃는 건 더 멋있어요. 어떡해. 공혜연 가슴 터지기 일보 직전!!"

혜연이의 행동에 숙연해지고 말았다. 저 아이도 똑같은 사람인데 사실 창피했겠지? 창피하면서도 웃는 모습 한번 보기 위해서 고작 웃는 것 하나 보기 위해서……

"예은이 생각 난다."

나보다 더 숙연해진 이운균.

"그래, 넌 참 많이 생각나겠어."

"으흐흑. 예은이를 보러 가야겠어. 보고 싶어!"

"어서 가렴."

"으흐흐흑. 내 사랑 푼수야!"

제발 가거라. 너의 푼수 곁으로 가서 촐싹 짓이나 해주렴. 그 아이는 무척 사랑스러워해 줄 거야.

"뒷문으로 가야지~"

운균이 녀석은 빌라 정문이 아닌 뒷문으로 가버린단다. 내 사랑 푼수를 외치며 결국에는 예은이 곁으로 조용히 사라져 주었다. 나는 아직도 베란다에 숨어 있었다. 운균이가 가자 둘의 대화 소리가 언뜻언뜻 들렸다. 녀석이 가니 주변이 조용해진 것뿐만 아니라 집중까지 할 수 있어서 더 잘 들렸다. 큭큭.

"오빠가 그랬죠, 오빠랑 나는 인연이 아니라고. 왜냐하면 오빠는 이미 인연을 만나 버렸다고……."

"그래, 난 이미 인연을 만났어."

"그럼 나 인연이란 것 무시할래요. 오빠랑 내가 인연이 아니어도 좋아요. 사랑하는 데 있어서 그까짓 인연이 무슨 상관인데요? 그리고 오빠한테 나는 인연은 아니라 해도 나한테 오빠는 인연인 것이면 어떡하실 거예요?"

오~ 저 당당함! 예전 내게 전화를 걸어서도 무척이나 당당했지. 역시 그 당당함이 없어지지는 않는군. 그러나 더 얼음장 같은 강준성.

"좋아하는 건 네 마음이야. 하지만 내가 너한테 해줄 수 있는 것은 없어. 더 이상 찾아오는 것도 하지 마. 어리석은 짓이야. 들어갈게."

아마 준성이가 들어가기 위해 돌아섰겠지? 얼짱이 소리친다.

"흥! 싫어요! 내일도 오고, 모래도 올 거야! 흥!"

얼짱은 새침하게 '흥'을 외치면서 뒤돌아섰다. 나 혼자 베란다에 쭈그리고 앉아 돌아선 얼짱을 향해 박수를 쳐주었다. 역시 어릴 때가 좋은 거야. 참으로 순수한 '흥'을 구사하잖아? 대단해. 참으로 대단했어!

준성이가 올라올세라 집 안으로 들어갔다. TV를 켜고 보는 척을 열심히 하고 있었다. 준성이가 들어온다. 당근송을 듣고 온 준성이는 그 충격에서 벗어나지 못하는 듯 보였다.

알 수 없는 이 대리의 접근은 계속되었다. 내가 가는 어디든 귀신같이 나타나 나를 당황케 만들기도 했다.
"준희 씨, 오늘 중요한 손님들 오니까 사무실에 꽃이라도 사서 장식 좀 해둬."
"네, 알겠습니다."
부장님의 말씀대로 장식이라도 하기 위해 꽃을 사러 밖으로 나갔다. 무슨 꽃이 예쁠까? 한참을 꽃을 구경하며 무얼 살지 고민을 하였다. 빨간 장미꽃도 무척 예쁘고, 노란 프리지아도 예쁘다. 하얀 백합도 너무 예쁘고…… 음, 뭘 사지?
"나 같으면 준희 씨랑 꼭 닮은 빨간 장미꽃을 사겠어요."
세상에, 강력한 스토커 탄생이다. 그런데…….
"대리님, 조심하세요!"
턱이 있는 것도 모르고 뛰어오던 이 대리는 나와 꽃가게 아줌마가 보는 앞에서 대자로 넘어지고 말았다. 깔끔하게 생긴 사람이 대자로 넘어지니 더욱 웃겼다.
"하하하, 대리님, 괜찮으세요? 아~ 웃으면 안 되는데! 미치겠네. 하하. 괘, 괜찮으세요?"
"예쁘다……."
"네?"

대리님의 말에 당황한 나와 꽃집 아줌마.

"아줌마, 이 아가씨 웃는 것 예쁘지요?"

꽃집 아줌마는 나를 보며 웃으셨다. 이게 무슨 낯 부끄러운 짓이란 말인가. 창피함에 얼굴이 빨개지고 있음을 느꼈다.

"우리 준희 씨야 언제나 예쁘죠."

"그렇죠? 제 눈에만 예쁜 것이 아니죠? 정말 예쁘죠?"

"그럼요~ 아이고 대리님이 준희 씨한테 푹 빠지셨나 보네! 호호호."

"푹 빠지고도 남았죠. 이렇게 예쁜 아가씨를 두고 안 빠지면 바보죠. 전 바보가 아니라서 말이죠. 하하하."

"아줌마, 장미꽃 주세요! 오늘 예쁘네요!!"

민망한 분위기 속에서 탈출하기 위해 애를 썼다. 저 사람은 순수한 건지 아니면 능글맞은 것인지 모르겠다. 가끔 보면 능글맞은 것 같은데 이럴 때 보면 순수해 보이기도 한다. 넘어진 곳이 아픈지 무릎을 만지작거린다.

"예쁘게 장식해."

"네. 수고하세요~"

꽃을 사들고 이 대리와 함께 회사로 향했다. 진짜 아프긴 아픈가 보다. 절뚝절뚝거리고 있다. 킥킥.

"대리님, 휴게실에 앉아 계세요."

"와~ 커피 사주려구요?"

"아무튼 앉아 계세요!!"

금세 눈이 말똥말똥해져서 웃고 있다. 풋~ 못 말리겠다, 저 사람…….

사무실에 있는 약상자를 가지고 휴게실로 들어가니 바지를 걷고 피를 닦고 있는 이 대리의 모습이 보였다.

"헉. 피났어요?"

"피가 나네요. 하하."

이 대리는 어쩔 줄 몰라 하고 있었다. 남자가 피나는 것을 보고 어쩔 줄 몰라 한다니 상당히 신기한 일이 아닐 수 없었다. 이마에 송골송골 맺힌 땀이 저 남자가 긴장하고 있음을 대변해 주고 있었다. 피를 두려워하는군. 킥킥.

"비켜보세요."

쩔쩔 매고 있는 이 대리의 손을 치우고 소독약을 꺼내 소독을 한 다음 간단한 조치를 취했다.

"이상해요. 무릎에서 뼈가 움직이는 소리가 들려요."

"네?"

"병원에 가봐야 하지 않을까요? 인대가 늘어난 것 같아요."

기가 막힐 노릇이다. 이 남자 정말 바보 맞나 보다.

"하하하."

"진짜 맞는 것 같은데…….."

"대리님, 이게 개그예요? 진짜 웃겨요! 하하하."

이 사람 바람둥이 아니면 정말 순진한 바보다. 겉모습과는 상당히 대조적인 사람이다. 알면 알수록 기대가 되는 사람이다. 재미있다. 하는 짓이 귀엽기마저 한다.

"인대 늘어나면 걷지도 못해요. 걱정 붙들어매세요."

내 말에 창피했는지 얼굴이 빨개진다. 아무튼 어제는 고딩 얼짱이 나를 웃기더니, 오늘은 이 대리가 웃긴다.

"하하하."

생각할수록 재미있는 사건이다. 침대에 누워 있는데 당근송을 신나게 부르는 혜연이의 모습과 넘어지고 바보같이 웃던 이 대리가 생각나 웃음이 터졌다.

"미쳤냐? 누워 있다 말고 갑자기 왜 웃어?"

웃음소리가 컸는지 준영이가 문 사이로 얼굴을 내밀며 혀를 차고 있다.

"넌 요새 재미 좋아? 민이랑 싸우지도 않고?"

"싸웠으면 좋겠냐?"

"아니, 뭐 그냥~ 하하하."

"너 왜 자꾸 왜 웃어? 운균이 형이 또 주접 떨었어?"

"큭. 아무튼~"

"요즘 들어 널 보면 운균이 형 보는 것 같다. 참 비참한 현실이다."

"죽을래!"
"진심이야."
"말도 안 되는 소리 해라! 엉?"
"인정할 건 인정해. 사실 너도 느끼고 있었잖아? 그치?"
"안 들려! 뭐라고 하는 거야? 아~ 안 들리는데~"
"저것 봐. 똑같지. 쯧쯧. 배울 게 없어서 주접을 배우냐? 불쌍하다, 박준희."

그제야 인정하고 행동을 멈추는 나. 혀를 차며 자신의 방으로 들어가는 박준영. 도대체 내가 언제부터 이렇게 되어버린 거지? 아, 괴롭다!

오랜만에 찾아온 휴일에 늦잠 잘 것을 생각하니 기분이 마냥 좋았다. 새벽 늦도록 비디오를 빌려서 깔깔거리다 해가 뜨는 것을 보고서야 잠에 들었다.
"야! 일어나! 야!!"
"으음, 뭐야. 잠 좀 자자, 잠 좀!"
발로 툭툭 치며 나를 깨우는 준영이 덕분에 힘겹게 눈을 떠야 했다.
"아, 도대체 왜!!"
"이거!!"
화를 내며 준영이가 내민 것은 커다란 꽃바구니. 이게 뭐야? 바구니에는 장미꽃이 가득했다. 셀 수도 없을 만큼 많이.

"뭐야?"

"그건 내가 너한테 묻고 싶은 말이고!"

"부엌에 누구 있어?"

"민이 왔다."

"아침부터 웬일로?"

"밥 해주러! 그나저나 이 꽃의 정체는 뭐야? 너 어제부터 허파에 바람 들어간 게 이상하다 싶었는데……."

"뭐가?"

"실성한 것도 모자라서 이제는 바람까지 피우냐?"

"죽을래! 무슨 소리 하는 거야!"

"이정준이 누구야!!"

"으응??"

이정준이라는 말에 잠이 확 달아났다. 준영이 손에 들려 있는 빨간색 카드가 눈에 들어왔고, 당황한 나는 그 카드를 뺏으려고 손을 뻗었으나 재빠르게 뒤로 숨기는 탓에 잡을 수가 없었다.

"사실대로 말해라, 준성이 형한테 말하기 전에."

"야, 박준영! 헛생각 좀 하지 말아줄래? 이 사람 우리 회사 상사인데 자기 혼자서 이러는 거거든?"

"진짜야? 이 남자 혼자 그러는 거야?"

"그래! 내 말 못 믿어?"

인상을 쓰자 알았다는 듯 카드를 넘겨주는 준영이. 카드에 사연은 즉 이러했다.

『준희 씨, 장미꽃이 너무 예뻐요. 준희 씨를 닮아서 나도 모르게 손이 가네요. 정말 예쁘죠? 즐거운 휴일 보내세요.
— 이정준.』

카드의 내용은 매우 간단했다. 보아하니 배달 서비스를 한 것 같다. 이러지 않아도 되는데…….
"그건 뭐냐?"
놀라서 들고 있던 카드를 떨어뜨렸다. 준성이는 떨어진 카드를 들고 좋지 못한 인상으로 천천히 내려가고 있는 듯했다. 사실 오해할 것도 없었다. 내가 이정준이라는 사람과 마음이 맞아서 만난 것도 아니고, 직장 상사일 뿐이니까 말이다. 꺼릴 것 하나도 없는 내가 왜 바보같이 긴장을 하는지 모르겠다. 준성이가 들어온 순간 말문이 막히더니 가슴이 답답해졌던 것일까……. 왜?
준성이는 카드를 무참히 구겼고, 쓰레기통으로 버렸다. 그 행동에 아무런 반박도 할 수 없었던 나는 가만히 침대에 앉아 있어야 했다.
쾅!!
준성이가 내 방문을 닫았다.

"누구야?"

"회사 상사."

"이 사람 너 좋아해?"

"응."

변명할 필요성을 느끼지 못했기에 사실대로 말했다.

"너도 이 사람 좋아해?"

"아니."

내 대답에 꽃바구니를 유심히 보는 준성이다.

"그럼 이것 버려도 되지?"

꽃바구니를 가리키는 준성이 녀석. 저것 비쌀 텐데……. 굳이 버리지 않아도…….

"응, 버려. 상관없어."

"그래, 버린다!"

꽃바구니를 들고 밖으로 나가는 강준성. 아악! 이렇게 대답하면 버리지 않을 줄 알았는데……. 냉정한 놈. 진짜로 들고 밖으로 나가다니! 저 비싼 것을. 눈물이 앞을 가렸지만 화가 나 있는 준성이를 막을 길이 없었다. 아직도 화나면 무서운 놈이니 최대한 내버려 두는 것이 현명하다고 지금까지 믿고 있다.

민이가 차려준 근사한 아침겸 점심상에 맛있게 먹고 TV 시청을 했다. 한참 재미있는 부분이 나와서 웃었지만 금세 멈춰야만 했던 이유는 나 말고는 아무도 웃지 않았기 때문이다. 썰렁한 분위기에 세 사람의 얼굴을 살펴보니 강준성은 아무 말도 하지 않고 TV를 보고 있고, 준영이와 민이는 오로지 준성이의 눈치를 보고 있었다. 순간 준영이 나를 보더니 눈을 크게 뜨며 수습 좀 하라는 눈치를 보였다.

"야! 너희들 황금 같은 휴일에 둘이 나가서 데이트나 즐겨라? 우리는 집에서 놀란다."

"아~ 그럴까? 민이야, 나가자!"

"으응, 그래. 우리 영화 보러 나가자!"

"형! 우리 둘이 영화 보러 가야겠다. 준희랑 집에 있어."

"그래, 재미있게 보내라."

"응~"

이로서 준영이와 민이가 밖으로 나가고 화 잔뜩 난 곰 같은 준성이와 단둘이 남게 되었다.

"하하하. 저 남자 되게 웃긴다."

"……"

"크하하하. 진짜 웃겨."

"……"

"하하하하, 쓰러진다, 쓰러져."

절대 입조차 움직이지 않음. 참는 것 같지도 않아 보이는데 웃지 않고 있음. 순간 박준희 욱하고 만다.

"야! 강준성!"

소리치자 그때서야 나를 보는 준성이 녀석.

"너 왜 그래!"

"내가 뭘?"

"아까부터 아무 말도 하지 않고 꼭 화난 사람같이 왜 그러냔 말이야!"

"내가 뭐 어쨌는데? 너 지금 내가 웃지 않아서 그러는 거야?"

"아무 말도 하지 않고, 화난 사람 같잖아!"

"웃기지 않으니까 안 웃는 것뿐이야."

"난 너 믿었어. 넌 왜 난 못 믿는 건데?"

"믿어."

"그런데 왜 이러냔 말이야!"

오랜만에 준성이와 싸우고 있었다. 정말로 사소한 일로 말이다. 준성이는 아무런 말도 하지 않았다. 이런 분위기 속에서 화를 내면 일이 더욱 커질 것이 분명했기에 나도 덩달아 침묵을 지켰다.

"너 나 사랑하니?"

느닷없는 준성이의 말.

"뭐?"

"나 사랑하냐고."

선뜻 입이 움직이지 않고 있었다. 박준희, 너 지금 뭐 해? 어서 대답해야지. 사랑하고 있다고 대답해야지. 너 지금 뭐 하고 있는 거야? 도대체…….

"…응."

얼마나 지났는지 모른다. 몇 초가 지났을 뿐인데 그 몇 초가 내겐 너무나도 길게 느껴졌다. 쉽사리 대답 못한 내 자신에게 놀라움만 더하고 있을 뿐이었다.

"그래. 그래…… 그럼 됐어."

준성이는 더 이상 쓴 표정을 짓지 않았고 나도 더 이상 언성을 높이지 않았다. 준성이가 무슨 생각을 하고 있는지, 무얼 느끼고 있는지 나는 까마득히 몰랐다. 그리고 나서 몇 시간이 지나고 약속이 생겼다면서 준성이가 집에서 나갔다. 그것이 싸움의 끝이었다.

다음날 일찍부터 일어나 회사로 향했다. 평소보다 30분 먼저 왔는데 회사는 썰렁했다. 역시 사람은 항상 오던 시간에 와야 돼. 진짜 썰렁하네. 그런데 나 같은 사람이 또 있었나 보다. 발걸음 소리가 들리고 사무실 문이 열렸다. 나와 눈이 마주친 사람은 이정준 대리였다. 그런데 항상 나를 보면 웃는 이 대리가 오늘은 어쩐지 문 앞에 서서 들어오지 않고 나를 보지도 않은 채 땅만 바라보고 있었다.

"뭐 하세요? 들어오지 않고……."

"그렇게 싫었어요?"

"네?"

"내가 그렇게 싫었냐구요!!"

이 대리가 내게 소리를 질렀다. 어안이 벙벙했다.

"무슨…… 말이세요."

"꽃을 버렸더군요. 준희 씨 집 앞 쓰레기통에 무참히 버려졌더군요."

세상에……. 어떡하면 좋아. 어떻게 봤지? 어떻게?

준성이의 오해를 풀어주려다 괜한 오해를 사고 말았다.

"난요, 아침부터 일찍 일어나서 준희 씨 집 앞에 서서 킥 서비스맨을 기다렸어요. 준희 씨 즐거워하는 모습 보고 싶어서 아침부터 바보같이 그랬다구요! 그런데 꽃을 받은 지 한 시간도 안 되어 쓰레기통에 버려져 있더군요. 그것 내 마음이에요! 준희 씨를 향한 마음을 그렇게 버릴 수가 있어요? 아무리 내게 줄 수 없다 해도 무참히 버리면 안 되는 것이잖아요. 네?"

상처 깊은 두 눈. 정말 미안했다. 내가 잘못한 것이기에 미안했다, 너무나도.

"죄송해요. 그런데 오해는 푸세요."

"오해요? 무슨 오해요? 남자 친구가 있기라도 했어요? 그랬어요?"

"네."

분위기 썰렁~ 나 왜 이렇게 바로 대답을 해버리지? 이 대리도 내 대답에 당황했는지 할 말을 잊은 듯 보였다.

"그것 제가 버린 게 아니라 남자 친구가 화나서 버렸어요."

"정말요?"

"네."

"아…… 준희 씨, 미안해요."

"에?"

되려 내게 사과를 하는 이 남자. 이 어리 숙한 남자.

"나 혼자 오해하고 화내고 아주 바보 같은 짓만 골고루 했네요. 미안해요, 정말!"

"풋~"

그 모습에 웃음이 나왔다.

"그나저나 남자 친구랑 싸웠겠어요."

"심각했죠."

"헉, 미안해요. 정말 미안해요. 아……."

누가 저 사람을 보고 냉철한 사람으로 볼까? 절대로 그렇지가 않아 보이는데 말이지. 허둥지둥대는 모습이 내겐 신선했다.

"대리님."

"네?"

"이따 제가 저녁 대접할게요. 시간 되세요?"

"와, 당연하죠! 얼마든지요!"

아무래도 오늘은 내가 사야 되겠다. 꽃을 버린 미안함도 있으니……. 내가 버리지 않았어도 하여튼 준성이가 버린 것이니…….

퇴근 후 이 대리와 따로 만나 근처 레스토랑으로 들어갔다. 밖에서 만나니까 상당히 좋은지 함박웃음이었다.

"나 진짜 미련하죠? 혼자서 생쇼를 했어요."

"큭."

"어제 그 꽃을 들고 얼마나 울었는지."

"네? 울었다구요?"

"그럼 준희 씨는 울지 안 울어요? 6년 만에 찾아온 사랑인데 그것이 무너졌다고 생각하면 얼마나 슬펐겠어요? 나 정말 무지 슬펐어요."

"이런, 정말 죄송한걸요? 미안해요."

"아니에요. 이젠 괜찮아요. 준희 씨가 버리지 않은 것이면 됐어요."

"네……."

"아무튼 다행이에요. 준희 씨가 버리지 않았고, 준희 씨가 이렇게 저랑 저녁 시간에 함께 해주니까 말이에요."

"흔들리고 있다고 믿는 것뿐이에요. 흔들리는 것은 잡을 수 있겠죠. 벌어지고 있는 틈은 어쩔 수 없다 하여도 흔들리고 있는 나뭇잎은 잡을 수 있어요. 바람만 불지 않으면 되거든요. 전 그것을 믿고 있는 것이에요. 일시적이고, 단순한 이 시기가 어서 빨리 지나기만을 바라고 있는 거죠."

분명 내가 이 사람 앞에서 한 말이다. 너무나도 당당하게 말이다. 그때는 내 자신에게 당당했고, 그것이 옳다고 자신했다. 그런데 나 지금 이 사람 앞에서 그것이 거짓이 되어버릴 것 같아 두려웠다. 아기같이 순수하게 마냥 웃고 있는 이 사람 앞에서 내 그러한 당당함이 무너지고 있는 것 같아서 지금 이 순간이 매우 당혹스러웠다. 어떡하면 좋을까. 어떡하면 좋을까. 이 사람을 어떻게 해야 좋을까.

나 단지 흔들리고 있는 거야. 일시적인 충동이고, 잡을 수 있는 약간의 흔들림일 뿐이야. 6년의 사랑을 저버릴 만큼 큰 바람은 아닐 테지……. 이런 생각을 하는 이 순간조차 난 내가 용서가 안 된다. 미쳤어. 박준희 넌 완전히 미쳤어. 니가 강준성한테 이럴 수 있어? 안 돼. 이건 말도 안 돼. 세상 모든 여자가 이런다 해도 너만은 그러면 안 돼. 알잖아. 알고 있잖아…….

"준희 씨, 나…… 정말 사랑하고 있나 봐요."

"고마워요."

"네? 준희 씨 지금 뭐라고 했어요?"

"고맙다구 했어요. 정말이에요. 고마워요."

"와……."

얼른 고개를 숙였다. 그 순간 이 대리님의 눈동자를 똑바로 바라보지 못했다. 아마도 처음일 것이다. 이 대리님을 알고 처음으로 시선을 마주치지 못한 것은 말이다. 내 진심을 들켜 버릴 것 같은 두려움이 내게 생기고 있었다. 참으로 무서운 일이 아닐 수 없다. 때마침 핸드백에 있는 휴대폰이 진동을 내고 있었다. 확인해 보니 준성이었다. 한참을 울리는 전화기를 바라보다 무언가를 결심했는지 난 그만 종료 버튼을 누르고야 말았다.

준성아 미안해. 오늘 하루만……. 정말 미안해.

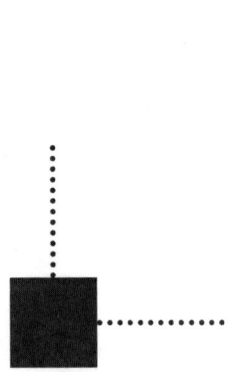

7장 열여덟 더하기 스물셋은 '6'

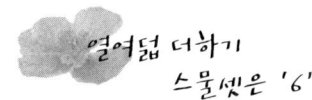
열여덟 더하기 스물셋은 '6'

"여보세요."

[준희야, 나 김주영이야!]

"어머, 선생님!!"

고등학교 3학년 때 담임 선생님의 전화였다. 너무나도 뜻밖이라 난 일하다 말고 자리에 벌떡 일어나 버렸다. 그러나 전화한 이유는 더욱더 뜻밖이었다.

[한 달 있으면 여신제인 것 알지? 이번 애들 뽑았는데 준희랑 준성이가 와서 지도 좀 해주면 어떨까? 단 일주일만이라도. 알잖아? 너희가 역대 최고 커플이었다는 것. 바쁜 줄은 알지만 어떻게

좀 안 될까?]

 선생님의 부탁이었으므로 난 거절할 수가 없었기에 어쩔 수 없이 일주일의 시간을 내기로 했다. 오늘은 방문차고, 2주 부터 퇴근 후 학교 강당으로 가서 지도를 하기로 했다. 과연 내가 지도를 잘할 수 있을지는 의문이군. 나도 고생고생하면서 했는데 말이지. 역대 최고 커플이라니. 히~ 하긴 아직도 그때의 감동을 생각하면 눈물이 앞을 가린다. 그땐 준성이 녀석 정말로 최고였다. 진짜 최고.

 회사가 끝나고 학교로 향했다. 준성이 녀석은 중요한 모임이 있어서 오늘은 같이 못 간단다. 할 수 없이 혼자서 가야만 했다. 후배들이 잔뜩 기다리고 있을 걸 생각하니 긴장되기 시작했다.

 오랜만에 찾은 학교는 예전과는 비교적 달라져 있었다. 새로운 건물도 생기고 훨씬 안정된 모습으로 발전되어 있었다. 좋은 모습을 보니 어깨가 으쓱거린다.

"어머, 준희 아니니?"

앗, 체육 선생님이다!

"안녕하세요."

"아이고, 졸업하더니 더 예뻐져서 왔네? 여전히 여신다워!"

"으, 놀리시는 거죠? 그쵸?"

"자식~ 놀리기는! 그런데 어쩐 일이야?"

"김주영 선생님께서요, 미스여신 준비하는 것 좀 도와달라고 하셔서요."

"그래서 왔구나? 그때 파트너는? 남자 친구이지 않았나?"

"네. 준성이는 2주 후 연습 때부터 나올 거예요."

"아직도 사겨?"

"네."

"이야, 고등학교 때부터 사귀었으니까 가만 있어보자, 지금 도대체 얼마나 된 거야?"

"6년째요."

"이야~ 이러다 결혼해야 되겠는걸?"

"네? 하하…… 하."

"준성이는 요즘 뭐 해? 회사 다니나?"

"아뇨. 대학생이요."

"아! 군대 다녀왔겠구나. 아직은 준희가 먹여 살리겠네?"

"하하하, 그렇죠 뭐."

"그래. 나중에 준성이 녀석도 오면 한번 봐야겠네. 얼마나 더 멋있어졌는지 봐야겠어. 어서 올라가 보렴. 강당에 모두 모여 있을 거야."

"네. 올라가 볼게요."

학교 선생님들은 아직 준성이와 나를 잊지 않았겠지? 모두 준성이를 기억하고 있겠지. 은근히 부담스러워지고 있었다.

드디어 강당 앞에 도착한 나는 두근거리는 마음으로 천천히 문을 열고 안으로 들어갔다. 때마침 김주영 선생님이 아이들 앞에서 말씀을 하고 계셨다. 선생님은 들어오는 나를 보자 반가우신지 방방 뜨며 어린아이같이 좋아하셨다.
"어머, 준희 왔구나!!"
그러나 모든 아이들 내게로 시선집중.
"안녕하세요."
"어서 와, 준희야! 너희들, 인사해. 너희들의 선배란다."
후배들이 나를 보며 인사했고, 나도 그들을 보며 인사를 했다.
"애들아, 어때? 언니 예쁘지?"
"네!!"
이렇게 부끄러울 때가 또 어디 있나. 흠. 얼굴이 화끈 달아오른다.
"언니가 18살 때 우리 학교 여신이었지 뭐니~ 그때 파트너랑 최고였어! 아직도 선생님들 사이에서는 끝내주는 커플이지. 역대 최고였어."
조용한 분위기 속에서 누군가가 들어오는 소리가 들렸으니…….
"또 늦었지?! 너 수업 끝나자마자 어디 갔어? 전화해도 받지도 않고! 하여튼 말썽이야, 말썽! 여신제가 얼마나 남았다구! 너는 여신이라니까! 공혜연!"
"네??"

선생님이 부른 학생의 이름에 나는 기겁을 하며 놀랄 수밖에 없었다.

"공혜연이라고 이번에 여신으로 뽑혔거든. 애가 다 좋은데 하도 말썽을 피워서 문제야. 지각대장이거든."

"아으! 선생님, 달링 보고 오느라 늦었어요! 달링 끝나는 시간에 맞춰서 보고 와야 된단 말이에요!"

"뭐? 달링? 별나도 저렇게 별날 수가 없어요."

그렇다. 내가 왜 애를 잊고 있었지? 분명 이운균이 얼짱으로 뽑혔다고 했는데…… 그럼 당연히 애가 여신일 텐데……. 아, 이런 나의 둔함이여.

"얼른 인사해. 2주 후에 지도해 줄 선배 언니야. 박준희 언니."

"네??"

저 아이도 나만큼이나 내 이름을 듣고 상당히 놀란 듯. 김 선생님을 뚫어져라 바라보며 어서 빨리 다시 한 번 이름을 말해 주기를 기다리고 있는 듯하다.

"선생님, 이 언니 이름이 뭐라고요?"

"박준희. 어때? 예쁘지? 너와는 딴판이지, 이 촐랭아!"

"박준희요? 박준희?"

"그렇대도!"

선생님의 확실함에 이번에는 나를 뚫어져라 본다.

"언니가…… 박준희예요?"

"응."

가까이에서 보는 공혜연은 베란다에서 볼 때보다 더 예뻤다. 파릇파릇한 젊은이여. 으흐흐흑. 나도 저럴 때가 있었는데. 18살이어서 그런지 피부도 다르다. 윽. 역시.

"생각보다 예쁘네요? 하긴 내 라이벌인데 훙~"

드디어 나왔다. 저 아이만의 유별난 '훙'. 새침해 보이는 것이 귀엽게 보이기도 했다. 준성이 많이 좋아하나 보네? '달링'이라고까지 하고? 킥킥.

"오늘은 첫날이니 여기서 끝마치고 내일부터는 워킹 연습에 들어갈 거야. 그런 줄 알고 오늘은 이만 해산! 참, 공혜연! 너 내일도 지각하면 혼난다!"

"으! 알았어요, 알았어! 지각 안 해요! 됐죠?"

"아이고, 내가 못살아! 준희야, 오늘 와줘서 고맙고 다음 주에는 준성이와 꼭 같이 오렴!"

"네."

"선생님, 지금 뭐라고 하셨어요? 네??"

혜연이는 몰랐나 보다. 준성이와 내가 파트너였다는 것을 말이다.

"참! 넌 지각해서 못 들었겠구나. 예전에 한 6년 됐지? 준희가 여신이었을 때 옆 학교 강준성이라는 애가 파트너였는데 피날레가 최고였단다. 그래서 2주 후에는 준희와 준성이가 와서 너희들 연습하는 것 봐주기로 했단다."

"저, 정말이에요? 정말?? 정말 준성이 오빠가 와요? 네? 네?! 네?! 선생님?!"

하마터면 귀청이 떨어질 뻔했다. 공혜연은 흥분해서 기절 직전으로 보인다. 콧평수는 이미 넓어졌고 눈은 튀어 나올 듯하다.

"준성이 오빠? 너 준성이 알아?"

"알죠! 당연히 알죠! 달링 이름도 모르는 와이프가 어디 있어요? 대림공고 나온 오빠 맞잖아요!!"

"뭐? 달링? 그러면 니가 그리도 목매달고 있는 달링이 강준성이란 말이야?"

"네!! 선생님!!"

"하하하. 준희야, 얘 하는 소리 들었니? 아이고, 배 아파라."

들었죠. 너무나도 정확하게 잘 들었죠. 진짜 당당한 아이고, 대단한 배짱이다. 여자 친구가 두 눈 시퍼렇게 뜨고 옆에 있는데, 그것도 자기 바로 앞에 있는데 아무렇지도 않게 달링이라고 말하는 것 좀 봐. 정말 신선한 충격이야.

"이 녀석아, 아무리 철이 없어도 정도껏 없어야지! 준성이랑 준희 사귀는 것 몰라?"

"알아요!"

"알면서도 달링이란 말이 나와? 나참, 짝사랑이었구만?"

"짝사랑 아니에요!!"

"아이고! 그럼 천하의 일편단심 강준성이 너한테 마음이 있단 말이야?"

여기서 일편단심 강준성이란…… 준성이 녀석이 고 3때는 아주 날렸었다. 나의 대한 사랑으로 말이다. 그때부터 학생들과 선생님들 사이에서는 강준성을 '일편단심' 이라고 불렀다. 그 수식어 때문에 윤강연이 어찌나 나를 싫어했는지……. 걔는 지금 뭐 하나 몰라.

"저 먼저 갈래요!"

선생님의 물음에 할 말이 없었는지 혜연이는 먼저 강당을 빠져 나갔다.

"저 녀석이 좋아하는 사람이 준성이일 줄은 몰랐네. 준희 너는 알고 있었니?"

"네, 친구한테 들었어요."

"어머, 그랬구나. 아니, 어떻게 알게 됐대?"

"준성이 친구 운균이 아시죠? 왜, 대림의 촐싹이!"

"아~ 그 녀석? 알지!"

"운균이 친구 동생이 운균이를 마음에 들어해서 한 번 만났었는데 어쩌다 보니 준성이까지 엮였네요."

"우리 나라가 좁기는 좁나 보구나. 이런 인연도 있네? 하하. 보나마나 혜연이 녀석이 준성한테 반해서 쫓아다니는 거지 뭐."

진짜 좁기는 좁은가 보다. 공혜연과 내가 이런 인연도 있다니.

굳이 반기고 싶지 않은 인연이긴 하지만······.

"준성이는 아직도 일편단심이지?"

선생님의 말에 대답 대신 웃어 보였다.

네, 같아요. 늘 같아요. 그래서 더 미안한 것이겠죠.

선생님과의 대화를 마치고 교문을 빠져나왔다. 그런데 교문 앞에는 공혜연이 서 있었고, 나를 보더니 씽긋 웃는다.

"아직 안 갔어?"

"언니 기다렸어요."

"나를? 왜?"

"그냥… 같이 가게요."

"아, 그래."

혜연이는 알 수 없는 아이였다. 무슨 생각을 하는 것일까? 흥미롭기도 하지만 도무지 알 수가 없어 약간은 어려운 아이였다. 내가 만약 혜연이라면 같이 가는 것 꿈도 꾸지 않았을 테고 이렇게 웃고 있지도 않을 거다.

"언니, 나 밥 사줘요! 배고파요! 원래 학생은 늘 배가 고픈 거거든요! 회사도 다니니깐 돈도 많을 텐데 사줄 거죠?"

"어? 어, 그래, 사줄게."

"뭐 먹고 싶어요? 난 피자!"

"그래? 그럼 피자 먹으러 가자."

"얼~ 역시~"

대답과 동시에 내게 팔짱을 끼는 혜연이. 내가 만나본 사람 중에서 최고의 신비스러운 아이다. 좋게 말하자면 신비, 나쁘게 말하자면 철판. 이운균보다 심한 사람이 있다니 이건 정말 대단한 일이야.

혜연이는 붙임성이 대단히 좋은 아이였다. 나를 미워하는 것 같은데도 곧잘 따른다. 언니, 언니 하며 이것저것 물어보기도 하고 자신의 이야기도 해주며 무척 활발한 아이다. 준성이 때문에 만나지 않았더라면 좋은 언니, 동생이 될 수도 있을 법했다. 이 아이도 언젠가는 나를 지금보다 더 많이 미워하겠지. 그것이 벌써부터 두려워지는 이유는 뭘까.

"무슨 피자 먹을래?"

"아무거나요. 지금 이 상태로는 아무리 맛없어도 한 판은 해치울 것 같아요!"

"그렇게 배고팠어?"

"네! 무지요!"

"쿡쿡. 여기요! 불고기 피자 중간 사이즈랑요, 샐러드, 콜라 두 잔, 미소스 스파게티 하나요."

"와! 언니, 짱짱!"

생각해 보니 나도 점심 먹고 아무것도 먹지 않은 상태라 저 아이의 배와 함께라면 이 많은 것쯤은 해치울 수 있을 것 같았다. 아무리 생각해 보아도 대단한 배지요. 하하하.

혜연이는 또다시 학교에서 있었던 재미난 이야기를 들려주기 시작했다. 지각하다가 학생주임 선생님한테 걸려 화장실 청소를 일주일 동안 한 일, 지각을 하도 밥 먹듯이 해서 다른 애들 같으면 하루면 되는데 일주일 내내 했다고 한다. 수학 선생님의 배가 너무 나와서 임신한 것 아니냐며 놀려서 혼난 일, 수학 선생님은 남자 선생님이라고 한다. 옆 학교 남자애들이 하도 쫓아다녀서 그들 앞에서 돼지코를 하며 푼수짓 한 일 등 도저히 이 아이가 했다고는 믿지 못할 만큼 엽기적인 행각들이 많았다.

엽기적인 행각들을 모두 들으니 어느새 그 많은 음식들을 싸그리 몽땅 해치우고 말았다. 나도 대단했지만 혜연이도 만만치 않았다.

"언니, 우리 걸어요."

"그래."

한동안 혜연이는 말이 없었다. 말 많고 떠들어대던 혜연이는 귀엽고, 재미있었는데 말없는 혜연이는 어딘지 모르게 슬퍼 보였다. 그 모습이 준성이 때문이라면 난 이 아이한테도 죄를 짓고 있는 것이다. 그것도 엄청 나쁜 짓을 말이다.

"…많이 좋아하니?"

결국 나는 물었다. 어쩌면 묻지 말아야 했을 그런 말을…….

"그런가 봐요."

"그래, 그렇구나."

알고 나면 더 허탈해질 것을 뭐 하러 물어본 것인지 나도 참으로 어리석은 여자다.

"언니, 난요, 사람들이 좋아요. 내가 매일 지각한다고 해서 미워하는 학주 선생님도 좋구요. 배 나온 수학선생님도 좋아요. 나를 쫓아다니는 남자애들도 좋은데 내가 제일 사랑하는 사람 때문에 멀리하는 것이에요. 사랑하는 사람은 단 한 명만 있으면 되니까요."

모두가 좋지만 사랑하는 사람을 위해 그 사람들을 멀리하는 혜연이…… 어리지만 나보다 더 사랑의 지식이 있고, 사랑받을 만한 자격이 있는 아이다.

"언니."

"응?"

"나 솔직히 밉죠?"

"응?"

"언니 남자 친구 졸졸 쫓아다니잖아요. 나 같으면 정말 싫어했을 것이에요."

"그렇겠지? 그런데 이상하게 넌 밉지가 않네. 신기하다."

"솔직히 언니 만나기 전까지는 언니가 무지무지 싫고 미웠는데 오늘 처음으로 보니까 이상하게 친해지고 싶었어요. 저 웃기죠?"

"아니, 뭐 다 그런 거지."

혜연이가 좋은 이유? 그건… 아마도 솔직해서일 거다. 나보다 훨씬 솔직해서…… 자신의 감정에 자신있고, 당당해서… 그래서 좋은가 보다.

"고등학교 때 오빤 어땠어요?"

"준성이?"

"네."

"알고 싶어?"

"네!!"

준성이 이야기가 나오자 바로 웃는 아이, 이 아이는 어쩌면 생각보다 더 좋은 아이일지도 모른다. 사랑은 사랑 그대로 표현해야 좋은 것이고, 나이를 먹으면 먹을수록 그것을 못하고 오히려 무언가에 포장을 하려 한다. 계산을 한 후 계산된 값이 적으면 적을수록 못하고, 많으면 그때서야 잘하고……. 난 그 이유를 도무지 모르겠다.

"준성이는 터프가이였지. 좀 웃기지만 그땐 학교에서 이놈이 짱이었어."

"세상에, 짱이요? 쌈 잘하는 짱?"

"응. 싸움하면 강준성이었지."

"어쩜 끝까지 멋있을까? 아우!!"

"하하. 제멋대로이고, 무뚝뚝하고 순진한 사람이었지."

"그때도 무뚝뚝했어요?"

"그럼~ 그런데 무뚝뚝해 보여도 가끔씩 멋있는 말을 툭툭 던져서 사람을 감동받게 만들기도 했지."

"큭. 생각만 해도 소름이 돋아요."

"왜?"

"오빠가 저한테 멋진 말 해주면 전 아마 너무 좋아서 기절할걸요? 하하하."

"준성이 말야……."

"네."

"영장 나왔을 때 나보다 더 울었어. 내 앞에서는 언제나 강하게 보이고 군대가 뭐 별것있냐 그러더니 바보같이 혼자서 많이 울었더라."

"왜요? 군대 가기 싫어서?"

"아니……."

"그럼?"

"군대 가 있는 동안 혼자 있어야 하는 내가 걱정돼서……."

"……."

갑자기 20살 때 생각이 났다. 내게 꾹꾹 숨기고 있다 군대 가기 한 달 전에 갑자기 '나 담 달에 군대 간다'라고 말하던 준성이. 내 앞에서는 훈련받을 것 생각하니까 즐겁다고 웃던 녀석이, 얼른 가고 싶다고 말하던 녀석이 술 취해 혼자 우는 것을 보았던 적이 있었다. 늘 그랬었다. 내 앞에서는 온갖 강한 척으로 포장하고 뒤돌아선 세상에서 가장 여린 사람이 되어 아파한다. 지금도 어쩌면…….

"언니 좋겠어요."

"뭐가?"

"준성이 오빠가 사랑해 주니까요."

"나는 꿈도 꾸지 못할 일인데 언니는 아니니까……."

"……."

혜연이와 헤어지고 집으로 돌아오는 길에 내 머리 속은 온통 백지가 된 기분이었다. 혼란스러워서일까? 사실 혼란스러울 것도 없다. 이 모든 것들 나 혼자서 만들고 나 혼자서 고민하고 있는 것뿐이니까.

그 후로 눈 깜짝할 사이 2주가 지났다. 드디어 준성이와 함께 학교를 가는 날이 다가왔다. 2주 전 한 번 본 이후로 더 이상 혜연이를 볼 수는 없었다. 오랜만에 그 아이를 만나서인지 왠지 모를 기대로 내 가슴은 벅찼다.

준성이가 회사 앞에서 나를 기다리고 있었다.

"어이~ 아저씨~"

내 모습에 준성이가 웃는다.

"수업 잘 받으셨어? 또 수업 안 받고 잔 것 아니야?"

"아니야. 공부했어."

"그래, 믿어주마!"

"믿어주마? 쳇."

"하하. 혜연이는 연락 와?"

"뭐? 갑자기 걔 이름이 여기서 왜 튀어나와?"

"그냥. 나 저번에 학교 혼자 갔을 때 혜연이랑 저녁 같이 먹었거든. 생각보다 꽤 괜찮은 애더라."

"참나, 걔가 괜찮다고? 잘못 봐도 한참을 잘못 본 거야. 니가 걔의 실체를 몰라서 그래, 실체를."

"큭큭. 미저리? 윤강연보다 더 심한?"

"윤강연? 윤강연은 저리 가라다. 더 악독하지! 저번에는 수업받고 있는데 강의실 문을 열고 내 이름을 불러대서 얼마나 황당했는지."

"어머? 진짜??"

"진짜지 거짓말을 하리?"

"하하하. 역시 공혜연답다!"

강의실 문을 열고 준성이를 불렀다고? 진짜 혜연이다운걸? 강준성 꽤나 창피했겠군. 아직도 그때가 떠오르는지 죽을상을 하고 있다.

"그래서 어떻게 됐어?"

"교수님도 황당했는지 나보고 나가서 일 보라더라. 쳇."

"아하하하. 웬일이야. 너무 웃겨! 죽음이다!"

"웃지 마. 난 얼마나 화가 났었는데!"

"에이, 그래도 화내지 마. 귀엽잖아. 그리고 아직 어린데 뭘."

"어리니까 문제지. 어려서 화를 내고 싶어도 진짜 꾹 참고 봐준다, 봐줘."

"그런데… 너 모르나 보다?"

"뭘?"

강준성 아무래도 이번 미스여신에서 최고의 여신이 혜연이라는 것을 모르는 것 같다. 모르니까 이렇게 순진무구한 얼굴로 학교를 가는 것이지. 암.

"이번 미스여신 중에서 최고의 피날레를 장식하는 여신이……."

궁금한 듯 나를 바라보는 준성이.

"혜연이야."

"뭐? 뭐!"

역시 몰랐다. 혜연이라고 하자 흥분해서 팔팔 뛰기 시작한다. 어떡해. 둘이 너무 웃겨.

"나 안 가! 안 가! 아니, 못 가! 미쳤다고 거길 가?"

"무슨 소리야! 왜 안 가? 죽어!!"

"준희야, 생각 좀 해봐. 이건 무척 심각한 일이야. 공혜연이랑 너랑 나랑 셋이 일주일을 만나야 한다는 건 너무 심각한 일이야. 안 돼!"

"뭐가 안 돼, 안 되기는~"

어떡하면 좋아. 강준성이 흥분하니깐 더 즐거워지려고 해. 난 몰라. 얼굴이 빨갛게 달아올라 죽어도 가기 싫다는 준성이를 끌고 매우 힘겹게 학교에 도착했다.

"선생님, 저희 왔어요!"

즐거워하는 나. 인상을 박박 쓰고 있는 준성이 녀석.

"와~ 오빠! 오빠!!"

50m 전방에서 준성이를 보고는 연습하다 말고 헐레벌떡 뛰어오는 혜연이다. 두 손을 활짝 펴고 안길 기세로 달려왔다. 그러나 안기려고 하는 혜연이를 살짝 피해 내 뒤로 숨어버리는 강준성.

"연습이나 해라."

"치치치."

"지지배가 어디서 치를!"

"흥!"

"어쭈?"

"흥흥!"

"쳇."

"헤헤헤. 오빠, 나 워킹하는 것 봐봐요. 아주 모델이 따로 없다니까요~ 역시 난 못하는 게 없어. 그러니까 오빠, 나란 사람 놓치지 말고 얼른 준희 언니 버리고 와요!"

준성이가 뭐라고 할세라 바로 뛰어갔다. 준성이 녀석은 상대할 가치도 없다면서 의자에 앉아서 혼자서 분해했다. 분해할 것도 많다.

"준성이, 오랜만이다."

"안녕하세요."

"아휴~ 여전히 멋있구나? 너희는 어쩜 아직도 예쁘고 잘났니! 베스트 커플답구나. 벌써 몇 년째니?"

"횟수로만 6년째죠."

"아이고~ 이제 결혼해야겠네? 연애도 너무 오래하면 못 쓰는 법이야. 얼른 결혼해."

당황한 나는 딴청을 피워보지만…….

"그래야죠. 얼른 결혼해야죠. 결혼식 때 꼭 오세요. 선생님."

"그럼! 당연히 가고말고."

말문이 막혔다. 너무나도 당당하게 대답하는 준성이 녀석 탓에 나는 아무런 말도 할 수가 없었다. 준성이는 확고해 보였다. 난 아직 아무런 마음도 잡지 않았는데……. 결혼보다 이 시기를 어떻게 해야 하는지 마음만 조리고 있는데…….

준성아, 그러지 마. 너 너무 그렇게 확신 내리지 마. 그러다 무너져 버리면 어쩌려고 그래…….

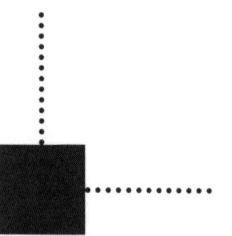

8장 어긋난 오해

어긋난 오해

　연습을 시작하기 전에 우리 모두는 시청각실에 모여 예전 졸업생들의 여신제 녹화 테이프를 보고 있었다. 아이들 모두 긴장한 탓인지 숨죽인 채 비디오에만 열중했다. 혜연이도 꽤나 진지해져 비디오에 몰두하고 있는 듯했다. 화면이 바뀌고 내가 참여한 여신제가 나오고 있었다. 곧 있으면 내가 나올 것을 생각하니 너무 무안해서 도망이라도 가고 싶은 심정이다.
　"자, 이제부터 지금 이 자리에 있는 준희의 활약이 나오니까 잘 지켜보도록!"
　드디어 내가 나오고… 오랜만에 보는 윤강연도 나오고 있었다.

그때 윤강연이 한 짓을 생각하면 아직도 울화가 치민다. 준성이 놈이 없었으면 정말 큰일날 뻔한 일.

"역시 모델이 따로 없네."

나를 더욱 무안하게 하는 강준성. 후배들 앞에서 일부러 들으라는 듯 크게 말하고 있다. 민망하게.

"안 그냐, 얘들아?"

"맞아요! 예뻐요!"

저 인간이 미쳐도 단단히 미친 거지. 미치지 않고서야 저렇게 당당할 수가 없는 거지. 그렇지.

"흥! 내가 더 예쁘다 뭐!!"

가만히 있을 혜연이가 아니라는 것을 나는 애시당초 알고 있었다. 혜연이는 나를 보더니 입을 삐쭉 내민다. 아무래도 준성이 녀석이 자꾸 내 얘기를 하자 마음이 상했나 보다. 안 되겠다 싶어서 녀석의 팔뚝을 꼬집어주었다.

"앗!"

"조용히 좀 하시지?"

녀석의 귀에 대고 속삭여 주자 씽끗 웃고 만다. 하여튼 못 말려.

"역시 니 앞에서는 진실을 말 못해."

"뭔 소리야?"

"내 소리지."

"어머, 왕 재미있어."

"고마워. 역시 썰렁한 개그에 호응해 주는 건 준희 너밖에 없다니까~"

"헉."

이게 갑자기 어디서 배워온 말발이지? 내가 무안 주면 어색해하며 얼굴 빨개지는 것이 당연지사인데 역시 주접의 힘이 너무 강했구나. 이운균을 아무래도 빨리 놈과 떨어뜨려야 하는 건지도 모르겠다. 무서운 주접. 주접의 힘은 강했다.

"와~"

아이들이 갑자기 환호성을 질렀다. 나는 놈과 얘기하는 것을 멈추고 얼른 비디오를 보니 준성이 녀석이 나를 안고 있는 장면이었다. 그래, 저 장면이었지……. 독한 윤강연이 내 뒤로 와서 중심 끝을 느슨하게 하고 가고 때마침 타이밍도 잘 맞춰 풀어지고 말았지. 그 찰나 준성이 녀석이 내 앞에 섰고, 내게 말했어. '옷 잡아'라고……. 난 너무나도 눈물도 나고 겁도 나서 어쩔 줄 몰라 했는데 녀석은 나처럼 당황하지도 않은 채 오히려 더욱더 당당하게 자기 재킷을 벗어 덮어주었는데… 그리고 안아 올렸다. 마치 짜여진 극복 같은 연출…….

"너무 멋있다."

혜연이는 감동했는지 두 손으로 입을 가린 채 어쩔 줄 몰라 하고 있었다. 하긴 저 모습은 아무리 생각해 보아도 멋있다.

"장난 아니다! 최고다!"

혜연이는 아예 울먹이고 있었다. 아우, 대단해. 그렇게 준성이가 좋을까? 후후~

시청각실에서의 시간이 끝나고 다시 강당으로 모였다. 아이들은 김 선생님의 지휘에 맞춰 각자 파트별로 연습을 했다.

"선생님!"

"응?"

"혜연이 남자 파트너는 아직 안 온 거예요?"

"응. 아직 안 왔어. 오늘 처음 오기로 한 날인데……. 얘가 오지를 않네. 전화라도 해봐야겠구나."

준성이 녀석은 꼴에 남자 애들 지도하겠다며 남자애들을 끌고 연습을 시키고 있었다. 어이없는 인간. 오지 않겠다고 발버둥 칠 때는 언제고 신나서 가리키고 있는 모습이 퍽이나 우스웠다. 쳇.

"자식들아, 좀 더 스피드하면서 부드럽게! 몰라? 엉?"

얼씨구. 지는 처음부터 잘했나? 아저씨, 당신 처음 할 때 조폭 워킹 했던 것이나 생각하시죠. 그것보다 어설픈 저 아이들이 몇 백나 낫수! 하하하.

"준희 언니!"

혜연이었다.

"응?"

"나 하는 것 좀 봐줘요."

"어, 그래."

혜연이는 잘하는 듯했지만 역시 예전 나같이 폼이 어색했다. 시선처리도 어색해서 그런지 보는 사람이 더 민망했다. 엉성한 폼을 잡아주고, 시선도 어떻게 처리해야 하는지 설명을 해주었다. 나도 사실 예전 일이라 기억은 나지 않지만…….

"언니, 오빠 진짜 멋있었네요."

"응, 그래."

"언니도 반했겠다. 지금 봐도 멋있는데……."

"그랬지."

"사실대로 말해 봐요."

"뭘?"

"언니 그때 미스여신 끝나고 감동해서 울었죠?"

"응, 울었지. 사실 그때 옷 끈이 풀렸었거든."

"어머! 정말요?"

"응. 준성이가 언니 앞에 서지 않았으면 아마 사람들 앞에서 망신당했을 거야."

"그러면 오빠가 앞에 선 것이 짜여진 연출이 아니고, 언니를 가려주기 위해서였어요??"

"응."

"어머!! 그럼 오빠는 언니 가슴 봤어요??"

"얘!!"

역시 혜연이의 상상은 못 말리는 구석이 있다.

"그게 아니고 준성이가 앞에 서서 언니한테 옷을 잡으라고 했지. 그래서 난 옷을 잡았고 준성이는 재킷을 벗어서 덮어준 거야."
"아, 그렇구나."
나 혼자 얼굴이 새빨개져 씩씩거리고 있었다. 아무것도 아닌 일에 왜 이렇게 흥분하는 것인지 민망했다. 오히려 혜연이가 날 이상한 눈초리로 쳐다보았다. 이런~
"진짜 가슴 봤나 봐. 그러니까 저렇게 흥분하지. 흠. 그랬구나."
"아니야! 혜연아, 아니라니까!"
"괜찮아요. 그런데 그때 언니 노브라였죠?"
"그렇지."
"그럼 쑥스럽겠네. 생각하면…… 에잇~ 뭐 어때요. 남자 친구인데~"
"아니야, 혜연아! 진짜 아니라니까!"
미치고도 팔짝 뛸 노릇이다. 내가 왜 괜히 흥분하면서 말했을까. 미쳤구나. 천하의 공혜연 앞에서 흥분해도 유분수가 있지. 으.
"뭐가 아니야?"
준성이 녀석한테 도움이나 청해야겠다.
"준성아, 있잖아!"
"오빠, 예전 여신제 때요. 언니 앞에 서서 언니한테 뭐라고 했어요?"
"응?"

"오빠도 쑥스러웠죠?"

"쑥스럽긴 쑥스럽지. 너 같으면 안 쑥스럽겠어?"

"아이고, 말도 마요. 엄청나죠."

"그래, 그거야~"

이런! 준성이 또한 혜연이의 페이스에 밀리고 말았다. 이럴 수가! 운균이의 말이 맞았어. 저 아이 진짜 무서운 아이야. 고도의 말발 기술을 가졌어. 윽.

혜연이는 다시 아이들이 몰려 있는 곳으로 가며 나를 비웃기라도 하는 듯 호탕을 치며 갔다. 이… 이런, 고작 고등학교 2학년 아이한테 말로서 지다니! 윽. 창피하도다.

"혜연이 말발이 보통이 아니더라."

"그 지지배? 당연하지!"

"오늘 내가 아주 바보 됐다니까!"

"왜?"

난 연습 시간에 있었던 일에 대해서 준성이 녀석에게 얘기해 주었다.

"하하하. 역시 공혜연이구나. 하하."

준성이 녀석도 웃긴지 배를 잡고 웃는다. 어느새 우리 집 앞에 도착했다.

"얼른 가. 내일 늦지 말고 와."

"……."
"뭐야! 대답이 왜 없어!"
"알았어. 들어가라."
"그래, 안녕~"

집 앞 계단에는 누군가가 술에 취한 건지 벽에 기대어 있었다. 누구야? 괜히 나한테 시비를 걸까 봐 무서워 조심스럽게 올라섰다.

"준희 씨……."

깜짝 놀랐다. 나를 불렀다.

"누구…… 엇, 대리님!"

이정준 대리였다. 무슨 일이지?

"괜찮으세요? 어쩐 일이세요? 앗, 술 냄새. 술 마셨어요?"

대리님은 고개를 끄덕거렸다. 무슨 일이길래 나를 찾아왔을까.

"요새 뭐가 그렇게 바빠요? 매일같이 얼굴도 못 보게 퇴근 시간 맞춰서 나가 버리고."

"요즘에 볼일이 있어서요. 그래서……."

"아까 그 남자 남자 친구 맞죠? 준희 씨 바래다 준 사람."

"네."

"후~ 요즘은 다시 사이가 좋아졌나요? 권태기가 지난 건가요?"

"무슨 말이에요, 그게……."

"예전의 준희 씨를 보면 힘들고 고민있어 보였는데 요즘은 그렇지가 않아 보여요. 내가 들어갈 틈이 전혀 보이지가 않아."

"휴…… 그래서 술 마셨어요?"

"네. 내가 원하는 건 작은 틈인데 그 틈조차 준희 씨한테는 없어서 너무 힘들어요."

"저 좋아하지 마세요. 해드릴 수 있는 게 아무것도 없어요."

미안했다. 잘난 구석 하나도 없는 내가 누군가를 힘들게 하고 그리워하게 한다는 것 자체가 무척이나 죄스러웠다. 남자들 선망의 대상인 이정준 대리가 나 같은 여자 때문에 술에 취해 이러고 있는 모습도 나는 마음이 아팠다. 나도 모르게 눈물이 났다. 정말 나도 모르게.

"준희 씨, 울어요?"

울면 안 되는데……. 내가 울면 안 되는 건데…….

"준희 씨!"

이정준 대리가 날 와락 안았다.

"울지 말아요. 울지 마요. 정말 울지 마요."

울지 말라는 그 목소리가 왜 내 가슴을 더욱더 흩트러놓는 건지. 나 정말 이 남자한테 흔들리고 있는 것인가? 정말? 아니야. 아니야. 그래, 아니야.

"준희 씨가 울면 난 더 슬퍼요."

"저 우는 것 보기 싫으면 앞으로 이러지 마세요. 제발요."

"준희 씨, 그냥 나한테 오면 안 돼요? 그냥 오면 안 돼요? 흔들리고 있는 것 맞잖아요. 나 때문에 준희 씨도 흔들리고 있잖아요. 왜 자신을 속이려고 해요. 바보같이 왜 그래요."

나는 알아요. 여기서 내가 흔들리고 있다는 것을 인정해 버리면 인정해 버리는 순간부터 당신에게서 헤어나올 수가 없을 거예요. 그래서 돌이킬 수 없는 상처를 누군가에게 주겠죠. 그래서 못해요. 자신이 없어서 인정을 못해요.

툭.

무언가가 떨어진 소리가 들렸다.

"당장 그 손 놔."

저음의 목소리. 설마…… 가슴이 심하게 곤두박질치고 있었다. 뒤를 돌아보니 준성이가 화가 잔뜩 난 얼굴로 서 있었다. 대리님을 보고 있던 준성이의 시선이 이윽고 나를 향했고 난 어쩔 줄은 몰라 주춤거려야만 했다.

"이 새끼 때문에 집으로 들어가자는 말없이 나 그냥 보낸 거냐?"

"무슨 말이야?"

"예전 같았으면 너 집으로 들어가자는 말부터 했을 거야. 그런데 아깐 어땠어? 분명 아무 말도 없이 가라고 했지? 그 이유가 이 새끼 때문이었어?"

"말도 안 되는 소리 하지 마. 그런 이유 아니야. 난 그냥 아무 생각 없이 그런 것뿐이야."

"박준희, 어울리지도 않는 변명 하고 있다?"

준성이가 내게 화를 내고 있었다. 이런 모습 정말 처음이다. 처음이라서 뭘 어떻게 해야 하는지 모르겠다. 아니, 어쩌면 내 마음을 들켜 버릴지도 모른다는 두려움 때문에 더 그랬는지도 모른다. 내가 나쁜 년이라는 것을 저 녀석한테 들켜 버릴까… 그럴까 봐.

"댁이 이정준입니까?"

준성이가 대리님의 멱살을 잡았다.

"그렇습니다. 내가 이정준입니다."

"임자 있는 사람한테 개수작 부리는 게 취미인가 보죠?"

"강준성, 너보다 나이 많은 사람이야. 그렇게 말하지 마!"

"박준희, 넌 입 다물어. 그냥 입 다물고 있어. 니가 이 자식 편들면 나 니가 보는 앞에서 이 자식 죽여 버릴지도 몰라. 내 성격 알잖아? 꼭지 돌면 눈에 뵈는 게 하나도 없는 것 너 알잖아!!"

쾅!!

준성이가 주먹으로 벽을 내려쳤다.

"당신, 생각보다 훨씬 형편없군요?"

대리님도 이제는 굳은 얼굴이었다. 어떡하지? 어떡하면 좋지? 난 급한 대로 준영이한테 전화를 걸어보았으나 준영인 민이와 함께 있는 건지 전화를 받지 않았다.

"뭐라구?"

"예의도 없고, 준희 씨를 배려하는 마음이 눈곱만큼도 없어 보이는군요."

"하, 당신이 지금 예의라고 했어요?"

"그래요, 예의라고 했습니다."

"그럼 당신은 얼마나 예의있는 사람이길래 임자 있는 여자를 건들고 그럽니까? 내가 하는 짓은 예의없는 짓이고, 당신이 하는 짓은 예의있는 짓입니까? 그렇습니까?"

"당신이 준희 씨를 위해서 해줄 수 있는 게 뭐가 있습니까? 회사에서 얼마나 스트레스받고 힘든지 준성씨가 알아요? 날마다 부장이라는 사람한테 야단맞고 그러는 것 아냔 말이야! 그 모습이 얼마나 사람을 미치게 하는 줄 알아? 나는 당장이라도 준희 씨랑 결혼해서 회사 같은 곳 보내고 싶지 않아! 그런데 당신은 어때? 그럴 만한 능력이라도 갖췄어? 매일같이 버스 타는 게 안쓰러워 차 한 대 사줄 여유라도 되냐구! 사랑만으로 이 세상이 살아질 것 같아? 사랑은 현실이야. 당신이 생각하는 것만큼 이상적이지가 않다구!"

대리님을 잡고 있는 준성이의 손이 힘없이 떨어졌다.

"대리님, 제발 부탁해요. 그만 하세요. 그만 하시고 제발 가세요. 네?"

"이렇게 준희 씨 혼자 두고는 못 갑니다."

"대리님, 제발요!!"

내 말에 대리님이 할 수 없이 돌아갔다. 아닌데, 내가 원하는 건 이런 것이 아닌데……. 정말 아닌데…… 미칠 것만 같다.

"준성아, 들어가서 얘기하자. 응?"

이대로 준성이를 보내 버리면 이 녀석이 어떻게 될지 뻔히 알기에 그냥 보낼 수가 없었다. 하지만 집으로 들어와서 무슨 말부터 해야 오해를 풀 수 있는 것일까. 그런데 준성이가 먼저 말했다.

"회사 관둬라."

"무슨 말이야?"

"회사 관둬. 관두라구! 그 따위 회사 관둬 버리라구!!"

"뭐? 그 따위 회사?"

"그래! 연애질이나 하는 회사 관둬."

"너 말이 좀 심해. 알고 있어?"

"심해? 뭐가 심해? 니가 더 심해."

"내가 뭘?"

"니가 한 번이라도 나한테 회사 다니면서 힘든 거 말한 적 있어? 스트레스받는 것 나한테 단 한 번이라도 얘기해 줬냐구! 귀띔이라도 해주지! 그럼 내가 오늘같이 바보 되는 일은 없었을 것 아냐! 내가 너한테 뭐냐? 친구냐? 아니지, 친구 사이만 되었어도 얘기했겠지."

말문이 막혔다. 준성이가 한 말들이 틀린 게 하나도 없었다. 준성이한테는 단 한 번도 회사 얘기를 해본 적이 없었다. 얘기해 봤자 말이 통하지 않을 것이라는 생각만 했다. 준성인 아직 사회에 대해서 모르니까.

"난 너한테 남자 친구야. 애인이야. 결혼할 사람이야! 왜 가장 가까운 내가 너에 대해서 하나도 모르고 있어야 하냐?"

"말해도 넌 모르잖아······."

"뭐?"

"말해도 넌 모르잖아! 사회란 곳을 니가 알아? 세상 밖으로 나오지도 못해본 채 대학이라는 곳에서 마치 우물 안의 개구리라도 된 듯 살고 있는 니가 뭘 알아! 하루하루 술로 살고, 당구에 그것도 모자라서 시간만 나면 뭐 하고 놀까 궁리하는 니가 뭘 알아!"

이상하게 나의 입이 멈추지 않고 있다.

"너 요새 나한테 해준 게 뭐가 있어? 나를 데리고 놀러가기라도 했니? 근사한데 가서 밥 한 끼라도 사줘봤니? 주말이면 집에 있는 게 다잖아. 나는 힘들어도 바람이라도 쐬고 싶어서 나가고 싶은데 너 한 번이라도 나 데리고 그래 본 적 있어? 돈 때문에 고민하는 내 걱정 니가 한 번이라도 같이 덜어봤어? 너 고등학교 때보다 지금이 더 못해. 고등학교 때는 대장이니 뭐니 해서 폼 나게 살려고 노력하더니 지금은 너무 형편없이 살고 있어. 제대했다는 핑계로 힘들다고 그 흔한 아르바이트도 하지 않고! 매일같이 술이나 퍼마시구!!"

눈물이 났다. 그동안 준성이한테 말하지 않았던 것이 입 밖으로 터져 버렸고 이제는 나조차 감당할 수가 없었다.

"그런데도 나보고 회사 때려치우라고? 관두라고? 나 당장 관두면 니가 나 먹여 살릴 능력이라도 있어? 나도 회사 때려치우고 집에서 편하게 살고 싶어! 집에 있으면 부장한테 쓴소리 듣지 않아도 되고 눈치 보지 않아도 되고 얼마나 좋아? 그런데 못해. 너 때문이라도 못해! 이런 내 마음 니가 이해라도 할 수 있겠어? 있겠냐구!!"

"미안하다."

준성이가 나를 스치듯 지나쳐 그렇게 집에서 나가 버렸다. 주고 말았다. 그렇게도 주고 싶지 않아서 마음속에 꽁꽁 가둬두었던 말들을 모두 하고야 말았다. 그래서 녀석의 가슴을 송두리째 아프게 만들었다. 지금 내가 이렇게 가슴이 아픈 만큼 저 녀석도 아픈데…… 나 바보같이 참고 또 참았던 말들을 다 해버리고 말았다. 나쁘다. 나 정말 나쁘다.

한참을 울고 있는데 이정준 대리에게서 전화가 왔다.

"흑……"

[준희 씨, 울어요? 아직도 남자 친구 있어요?]

"대리님이 정말 미워요."

[…미안해요. 내가 오늘 나빴어요.]

"왜 이렇게 모든 걸 가졌어요? 왜 준성이가 못 가진 것 모두 갖고 있는 거예요. 하나라도 없었으면 얼마나 좋아요. 왜 모든 걸 가지고 있어서 자꾸 비교하게 만들고 내 남자 친구 형편없는 사람으로 보이게 만들어요. 네? 왜요, 왜……."

나도 모르게 비교하고 있었다. 장미꽃 한 송이를 준 준성이와 비싼 장미꽃 바구니를 보낸 이정준. 언제라도 결혼할 수 있는 이정준과 그러지 못하는 준성이. 내가 걱정되어 출근길에 편하라며 차를 사줄 수 있는 이정준과 값싼 중고차 사기에도 벅찬 준성이. 이정준같이 명예를 얻고 부를 얻기 위해서는 많은 시간을 기다려야 한다는 것, 그것 또한 나를 힘들게 만드는 여건이 되고야 말았다.

그날 밤 나는 영신 언니를 찾아갔다. 아무래도 영신 언니와 대화라도 나눠야 할 것만 같았다. 소주를 사들고 언니를 찾아갔더니 두 눈이 휘둥그레져선 어쩔 줄 몰라 했다.

"무슨 일이야? 준성이랑 싸웠어?"

"언니, 술 마시자."

"어? 어… 그래. 술 마시자."

술이 한 잔, 두 잔 들어가고 한 병이 넘게 들어가니 나도 모르게 입은 열려 버리고 주절주절 말이 많아진다.

"언니… 언니가 전에 나한테 했던 말 기억나?"

"뭔데?"

"사랑만으론 이 세상 살 수 없다고 했잖아. 그런 언니 말에 나는 아니라도 바득바득 우기고."

"왜? 이제 너도 알았어? 그래서 그래?"

"나 준성이한테 오늘 뭐라고 했는 줄 알아?"

"뭐라고 했는데?"

"하고 싶은 말, 하고 싶지 않았던 말 다 해버렸어. 그냥 몽땅 해버렸어. 꾹꾹 참고 참았던 말 다 해버리고 말았어."

"그랬구나. 그래서 마음이 아픈가 보구나."

"해준 게 뭐가 있냐면서 화냈어. 나를 데리고 놀러가기라도 했냐구 따지구, 근사한 데서 밥 한 끼라도 사줬냐고도 그랬다? 나 완전히 미친 거지? 그치?"

"준희야……."

"더 마음이 아프고 화가 나는 건 뭔 줄 알아?"

"뭔데?"

"바보 같은 내 말에 단 한 번도 반박하지 않고 가만히 듣고 있는 것. 차라리 목소리 높여 나와 함께 싸웠더라면 덜 아프고 덜 화가 났을 텐데……. 준성이는 아무 말도 못해. 가만히만 있어. 바보같이. 바보같이!"

사실 그랬다. 말이 되든 되지 않든 간에 내가 그렇게 바보 같은 말 할 때 준성이가 화를 내며 막무가내로 말하는 것을 기다렸던 것인지도 모른다. 그러나 준성인 내 말이 모두 맞는 듯, 이게 현실이라도 되는 듯 아무런 말도 없었다. 그것이 오히려 나를 더 슬프게 만들었다. 화라도 내지, 바보같이 미련한 내 말 다 들어주기만 하던 준성이.

"현실이니까…… 준성이 자신도 인정하는 현실이니까 그래서 할 말이 없었겠지."

현실이라. 이놈의 현실이 다 뭔지. 왜 우리가 꿈꾸는 이상이란 놈은 현실 앞에서는 병신같이 무너져 버리는 것인지…….

현실과 이상의 차이는 너무나도 크다. 그래서 우리는 가끔 우리가 가진 이상으로 현실을 이겨보려 하지만 결국 상처받는 것은 현실 앞에 선 우리다. 그것이 가장 두렵고, 잔인한 것이다. 상상하고 생각한 것은 수도 없는데 현실에서는 알몸 그대로이기 때문에……. 그것에 눈을 뜨고 나면 세상이 두렵고 힘든 것이다. 녀석도 그런 것이다. 녀석의 사랑은 이상이고, 내 사랑은 어느덧 현실이 되어버렸다. 어릴 때는 사랑이 최고라도 하는데 나이를 먹으면 먹을수록 이 빌어먹을 사회와 타협하게 된다. 그래서 빌어먹게도 인생에서의 우선순위가 돈이 먼저가 된다. 어릴 적 아무것도 모르던 때의 우선순위는 사랑이었는데 사회와 부딪치면 부딪칠수록 돈의 힘을 알게 되어버린다. 결국 현실에서는 돈이 없으면 아무것도 못하니. 그래서 돈이라는 망할 놈 때문에 사랑 앞에서 무너지고 있다. 나도…… 천하의 박준희도 말이다. 빌어먹을 세상…….

녀석이 세상물정 모르는 철부지라고 느낀 건 내가 점점 사회와 타협해 가는 사회에 찌든 돈벌레가 되어가고 있었기 때문이다.

그 후로 준성이는 여신 제 연습하는 곳에 나타나지 않았다. 전화도 늘 꺼져 있었다. 여신제는 점점 눈앞에 다가오는데 준성이 녀석은 뭘 어쩌고 있는 것인지…….

"준희야, 너무 걱정 마. 이제 애들끼리 연습도 잘하는데 뭘. 너도 바쁠 테니 오늘까지만 봐줘."

"죄송해요, 선생님."

"죄송하긴, 죄송할 것도 참 많다."

"선생님, 혜연이는요?"

혜연이가 보이지 않았다. 어제도 보이지 않았던 것 같은데 오늘도 보이지 않는다.

"그 녀석, 요즘 힘든 일이 있는지 얼굴이 말이 아니야. 혼자서 연습 잘하고 있으니까 걱정하지 말라고 하더라."

"그래요?"

"그래서 오늘 먼저 보냈어."

"아…… 그렇구나."

연습이 끝나고 집으로 걸음을 돌렸다. 하지만 쉽사리 움직여지지가 않았다. 아무래도 준성이를 직접 만나보는 것이 나을 것 같았다. 이대로 지내다간 내가 더 미쳐 버릴지도 모른다. 없으면 편할 것이라 생각했었는데 오히려 편해야 될 마음은 이상하게도 무언가 꽉 막힌 것같이 답답하고 또 답답해서 숨이 막힐 정도다.

뜻밖에도 준성이의 집 앞에는 혜연이가 있었다. 그리고 혜연이의 앞에는 준성이가 있다. 혜연이가 갑자기 소리를 치기 시작했다. 그 외침이 가시가 되어 내 가슴 깊이, 아주 깊이 박히고 만다.

"오빠도 알잖아, 혼자서 사랑하는 게 얼마나 힘든지!! 오빠도 지금 혼자서 사랑하고 있다며! 오빠도 알면서 왜 내 가슴을 이렇게 아프게 해?"

"내가 언제……."

"기억 못하지! 바보같이!! 오빠 술 취했던 밤! 내가 달려갔을 때!! 나 봤어! 봤단 말이야!!"

"뭘…… 뭘 봤다는 거야……."

"바보같이 울고 있었어! 내 앞에서는 강한 척했으면서 울고 있었어. 오빠, 지금 힘든 거잖아. 아픈 거잖아!! 언니가 힘들게 하는 것 맞잖아. 그래서 눈물이 났던 거잖아!! 나도 알아. 너무 힘들면 참고 있어도 눈물나는 것! 나도 해봐서 안단 말이야!!"

울었다고? 강준성이 울었다고? 혼자서 사랑하고 있다 했다고? 준성이가? 준성이가? 도무지 믿겨지지 않은 말들이었다.

강준성. 넌 도대체 언제까지 내 앞에서 강한 척할래? 응?

"이 꼬맹아, 까불지 말고 집이나 가라."

"오빠!"

"난 준희뿐이야. 박준희 없으면 아무것도 못해."

준성아…… 준성이 이 바보야. 내가 그렇게 모질게 굴었는데도… 그런데도 아직도 나뿐이야? 아직도 내가 없으면 아무것도 못 하니? 바보다. 너 참 바보다.

"언니가 힘들게 하는데도 좋아요?"

"준희니까 힘든 거야."

"네?"

"사랑이 언제 쉬운 것 봤냐? 사랑은 쉬운 것 같으면서도 어렵다. 그게 진짜 사랑이야. 박준희니까 힘든 거야. 나한테 사랑은 준희밖에 없으니까. 혜연아, 나 마음 꾹 닫고 있어서 너한테 줄 마음이 없어. 너뿐만이 아니고 앞으로도 다른 사람한테 줄 마음이 없어."

"오빠…… 그렇게 말하지 말아요. 나 정말 슬퍼요."

"미안하다."

준성인 그렇게 뒤돌아섰다.

집으로 가는 내내 얼굴에 눈물로 범벅이 되어 돌아갔다. 세상에서 나를 제일 사랑해 주는 건 강준성일 텐데 나는 어쩌자고 이렇게 상처만 주고 있는 것일까. 저렇게 나 사랑해 주는 사람 이 세상에 또 없을 텐데……. 없는 것 잘 알면서도 나 왜 이렇게 못나게 구는 것인지. 왜 또 상처를 주는 것인지…….

그 후로 며칠 뒤 여신제가 열렸고 나는 미스여신을 보러 가기 위해 강당을 들렀다. 오늘 역시 준성이는 보이지 않았다. 혜연이는 미스여신 피날레를 너무나도 멋있게 장식했다. 그 모습이 기특해서 박수를 쳐주었다. 난 미리 사 온 장미꽃 한 다발을 혜연이에게 직접 주지 못하고 다른 아이를 통해서 건네주었다. 혜연이를 직접 볼 자신이 없었다.

"언니!"

혜연이었다.

"그냥 가는 법이 어디 있어요? 꽃만 달랑 주고 잘했다는 인사말도 없이."

"아… 미안."

"나 오늘 어땠어요? 최고였죠?"

"응, 최고였어. 정말 잘했어. 그리고 너무 예뻤어."

"언니보다 더?"

"응, 당연하지."

"피이. 하여튼 빈말도 잘해요~"

"빈말 아니야. 진짜야."

이 아이한테도 난 점점 미안해진다. 박준희 니가 정말 사고뭉치구나. 사고뭉치.

"언니, 나 이제 오빠 잊기로 했어요."

"응?"

그렇게 말하는 혜연이의 눈에는 어느새 눈물이 고여 있었다.

"오빤 언니밖에 몰라요. 난 아무리 해도 안 된다는 걸 깨달았어요. 될 줄 알았는데 내 사랑보다도 오빠의 사랑이 더 커서 난 될 수가 없어요."

"미안해……."

"그러니까 언니, 오빠 마음 그만 아프게 하면 안 될까요?"

"혜연아……."

"보기 안타까워서 그래요. 마음이 아파서 그래요. 바보같이 매일 우는 여자보다 참고 또 참다 숨죽여서 우는 남자의 눈물이 더 슬프다고 들었어요. 그런데 나 오빠 우는 것 봤거든요. 그것 진짜 볼 게 못 돼요. 그러니까 언니, 내가 이렇게 부탁할게요. 더 이상 언니랑 오빠 귀찮게 하지 않을게요. 그러니까…… 그러니까 오빠 이제 그만 아프게 해요."

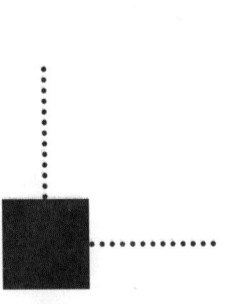

9장 곰돌이 아르바이트생

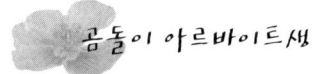

준성이에게서 연락이 없은 지 2주가 지났다. 녀석은 어디서 무얼 하고 있는 건지……. 난 왠지 겁이 나서 준영이에게도, 운균이에게도 준성이에 대해 물어볼 수가 없었다. 내가 먼저 한 시작에 내가 먼저 겁을 내고 있다니… 난 대체 무슨 생각을 하고 있는 것일까?

"준희야, 회사 앞 새로 지은 건물에 뭐가 생기는 줄 알아?"
"몰라. 뭐가 생기는데?"
"어린이들 놀이터라고 하더라. 돈 주고 들어가서 지겹도록 놀아도 되는 곳인가 봐. 맞벌이 부부들에겐 아주 딱이지 뭐. 일부러 회사 있는 곳에 지은 건가 봐. 지은 아줌마도 저기에 애기 맡긴다고 하더라."

"아~ 그래?"

영신 언니 말에 창문으로 보이는 '어린이 세상'이라는 곳을 보았다. 투명한 유리창에 아이들 노는 모습이 모두 보인다. 그리고 곰돌이 탈을 쓴 사람도 보인다. 저 사람은 뭐지? 쿡. 뒤뚱뒤뚱거리며 '어린이 세상' 앞에 서서 지나가는 사람들에게 무언가를 건넨다. 저 사람 되게 덥겠다. 저런 탈 쓰고 일하면 되게 덥다던데. 쿡쿡.

오늘은 회사에서 가장 늦게 퇴근했다. 집에 가면 마음이 허전해서 더 괴롭기만 하다. 준영이 얼굴 보는 것도 그렇고……. 이런저런 생각을 하며 회사를 나와 '어린이 세상' 앞을 지나갈 때였다. 어딘가에서 나타난 곰돌이.

"앗, 깜짝이야!"

뭐야? 진짜 놀랐네.

곰돌이는 내게 한쪽 손을 들고 인사를 했다. 나도 덩달아 한쪽 손을 들고 인사를 받아주었다. 그러자 안으로 쏙 들어가 버리는 곰돌이. 이거 참 어이없네. 뭐 저런 게 다 있어.

그러나 곰돌이의 인사를 그날 하루뿐만이 아니었다. 내가 그곳을 지나칠 때면 어김없이 나타나 내게 인사를 했다. 처음에는 이상했는데 보는 횟수가 많을수록 나는 곰한테 정이 가기 시작했다. 곰돌이 탈 안에 있는 사람은 누굴까? 알지도 못하는 사람이지만 내게 인사를 하는 모습이 싫지가 않았다.

그러던 어느 날 나는 내게 인사하고 가려던 곰돌이를 잡았다. 말이라도 붙여볼 참으로 말이다. 하하.

"저기요."

내가 잡자 어쩔 줄 몰라 하는 곰돌이.

"아르바이트하는 거예요?"

고개를 끄덕인다.

"힘들지 않아요? 저번에 보니까 애들이 때리고 도망도 가던데."

내 말에 두 손을 휘저으며 아니라고 한다.

"왜 매일 나한테 인사만 하고 도망가요?"

이번에 무슨 포즈로 대답할까 궁금했다. 한참을 지켜보자 곰돌이 아르바이트생은 두 손을 하트 모양으로 만들어 대답했다.

"풋~"

우와, 어쩜 좋아. 이 곰돌이 너무 귀엽잖아.

곰돌이와 대화가 아닌 대화가 있은 후부터 나는 틈만 되면 곰돌이를 찾아갔다. 그때마다 곰돌이는 말은 못했지만 앞에서 재롱을 피우기도 했다. 그 모습이 어찌나 재미있는지 시간 가는 줄 모르고 보았다. 그래서 가끔 영신 언니한테 빨리 들어오라는 전화를 받기도 했다.

"박준희, 요새 어디를 그렇게 나갔다 들어와? 부장이 알면 어쩌려고?"

"그러니까 부장이 나 찾으면 언니가 잽싸게 전화하면 되지~"

"어서 이실직고하시지? 어디 갔다 오는 거야?"

"사실은……."

언니한테 사실대로 말하자 배를 움켜잡고 웃기 시작한다. 쳇.

"하하하!! 박준희 너, 진짜 엉뚱하다. 바람날 게 없어서 얼굴도 모르는 곰돌이 아르바이트생이랑 바람이 나냐? 하하하."

"무슨 바람이야! 그냥 그런 거지."

"야, 얼굴도 모르잖아."

"좋아하는 것 아니래두!!"

"에이, 그럼 왜 매일같이 곰돌이 보러 가냐? 그게 좋아하는 거지 뭐야."

"그런 것 아니야. 그냥…… 그냥 보고 있으면 이상하게 마음이 편해져. 그것뿐이야."

"어머나! 이게 중증일세. 단단히 빠졌네."

"아니래두!!"

"하하하. 재미있어."

괜히 말했다는 생각이 든다. 말했다가 이상한 취급이나 받고 말

앉다. 진짜 좋아하는 것 아닌데. 단지 뭐랄까? 굳이 표현하자면 편하다는 것이다. 일하는 모습 지켜보고 있거나 내 앞에 몸으로 무언가를 말할 때 그것이 재미있고, 즐거웠다. 그리고 또 지금은 너무 힘드니까. 가만히 있는 것조차 말이다. 그런데 곰돌이를 보고 있으면 아주 잠시 동안은 잊을 수가 있어서. 아무런 생각 없이 웃을 수 있다. 단지 그것뿐인데 하여튼 영신 언니는 이상한 쪽으로만 생각한다니까.

회사가 끝나고 일찍 집에 들어갔다. 오늘은 곰돌이가 보이지 않았다. 에잇.

"너 왔나?"

준영이다.

"응."

"형이랑 화해 안 해?"

"화해는 무슨 화해. 싸웠어야 화해를 하지."

"형 많이 아프다."

"왜?"

"감기 걸렸나 봐."

"감기 잘 안 걸리는데……."

"몰라. 요새 뭐 하고 다니는지 우리랑도 전혀 어울려 다니지도 않고 학교만 끝나면 쏜살같이 사라진다."

"약은?"

"운균이 형이 사가지고 갔어."
"…다행이네."
"또라이."
"뭐?? 쳇."

이상한 일이네. 감기도 안 걸릴 정도로 너무 건강해서 탈이라는 녀석이 하필이면 요즘 같은 날씨에 감기에 걸릴 게 뭐람. 그래도 운균이가 있어서 다행이다. 감기약 사가지고 갔으니 괜찮아지겠지. 하지만 그날 밤새도록 나는 잠을 이루지를 못했다.

"준희 씨, 오늘 일찍 은행 다녀와."
"네."
"지금 가."

짜증난다. 곧 있으면 점심 시간인데 하필이면 지금 은행을 다녀오래. 배고파 죽겠는데. 성격도 참 이상하지.

은행 가는 길에 어린이 세상 앞을 기웃거렸다. 그런데 오늘도 곰돌이 알바생은 보이지를 않는다. 이상하네. 그만뒀나? 괜히 서운해지고 있었다. 나도 참 웃긴다. 얼굴도 모르는 사람이 그만두든 말든 나와 무슨 상관이라고 이렇게 서운한 마음까지 들까? 준성이랑 연락을 안 한 뒤로부터 내가 이상한 사람이 되어가는 것만 같았다.

부장님이 시킨 대로 은행을 다녀오자 아니나 다를까 점심 시간이 후딱 지나가 버렸다. 젠장맞을 부장! 할 수 없이 회사가 끝날 때까지 배고픈 것을 참았다. 내가 일이 끝나자마자 눈에 보이는 식당으로 달려가서 아무것이나 먹고 말리라! 으흐흑.

"준희야, 배고프지?"

영신 언니였다.

"당연한 걸 물어."

"히히. 그럴 줄 알고 내가 햄버거 사 왔지~"

"와~ 진짜??"

구세주다. 정말!

난 휴게실로 달려가 언니가 사 온 불고기 버거를 단숨에 먹어치웠다.

"박준희!"

언니가 나를 이상한 눈으로 쳐다본다. 왜 그러지? 뭐라도 묻었나?

"왜?"

"너 요즘 정말 폐인이야. 진짜야. 왜 그러고 살아?"

"엥? 내가? 왜? 똑같잖아."

"똑같다고? 웃기지 마. 너 준성이랑 연락 안 하지? 그치?"

신기한 일이다. 말 꺼낸 적도 없는데 어떻게 알았지? 정말 신기한 일이다.

"어떻게 알았어?"

"딱 보니까 그렇더라. 준성이한테 잘 오던 연락도 없는 것 같고, 너도 요새 무슨 생각을 하는 건지 통 모르겠고."

"그래……."

"왜? 헤어지려고?"

"글쎄……."

"어머머, 얘 봐라. 진짜 헤어지려고??"

"처음에는 헤어져야 한다고 생각했어."

내 말에 영신 언니는 눈을 동그랗게 뜨고 당황한 듯 묻는다. 왜 저렇게 놀라지? 돈이 전부인 듯 말하는 영신 언니가? 무능력한 준성이와 헤어진다는데 반기질 못할망정 저리도 당황하고 있으니 내가 더 당황된다.

"언니도 그랬잖아. 돈 많은 남자가 좋다고."

"야! 그래서 헤어진다는 거야? 고작 돈 때문에?!"

순간 왜 말 문이 막히는 것인지…….

"야, 박준희! 너 정말 돌았구나? 회사에 아무리 돈에 쩌들어 사는 인간들이 많다기로서니 너까지 그러면 안 되지. 니 남자 친구 같은 사람이 어디 있어? 몇 년이 가도 한결같은 남자가 요즘에 얼마나 보기 드문지 알아? 돈보다 더 귀한 사랑 받으면서 살고 있으면 됐지 뭐가 대수야?"

"언니는 대학생 싫다며……."

"야! 그거야 나는 오랫동안 연애할 생각이 없는 거지! 대학생이랑 사귀면 언제 결혼해."

"나는 언제 결혼해!!"

"하하하. 너 결혼 그렇게 일찍 하고 싶었어?"

"아니."

"근데!!"

언니랑 얘기하고 있으니 내가 진짜 미친 사람 같다. 미치지 않고서야 이럴 수가 없지. 더 이상 얘기하고 있으면 내가 너무 어린애 같고 말도 안 되는 말만 할 것 같아서 말았다. 돈보다 마음이 먼저 멀어진 것인데. 준성이를 봐도, 손을 잡아도, 키스를 해도 가슴이 두근거리지도 않으니까. 설레임 같은 것 가져본 지 언제인지도 모를 정도니까. 그렇다면 사랑이 끝난 거지 뭐야. 사랑이 끝난 거잖아…….

삼 일이 지났다. 삼 일이 지났는데도 곰돌이는 보이지를 않는다. 정말 그만뒀나 봐. 휴……. 이제는 뭐를 보면서 시간을 때우고 웃는담. 그런데! 멀리서 보이는 곰돌이의 뒷모습!!

후닥닥닥!!

"박준희, 어디 가!"

"언니, 부장님이 나 찾으면 바로 전화해!"

나는 뭐에 홀리기라도 한 듯 어린이 세상으로 달렸다.

달려가 보니 정말로 곰돌이가 보인다. 곰돌이 알바생이 있다.

그때 그 사람 맞나? 다른 사람으로 바뀌었으면 어쩌지? 이런저런 생각을 하고 있을 무렵 곰돌이 알바생이 내게 다가와 전과 같이 인사를 한다. 맞다. 그 곰돌이 맞다.

"요즘에 뭐 했어요? 안 보이던데……."

곰돌이를 말이 안 통해서 답답했는지 갑자기 어린이 세상 안으로 들어갔다. 그리고 곧 무언가를 들고 나왔다. 그건 스케치북이었다. 스케치북에 뭔가를 쓰더니 나를 보여준다.

『아팠어요.』

"아, 아팠구나. 감기요?"

그러자 곰돌이 알바생은 고개를 끄덕인다. 잘됐다. 이 참에 궁금한 것 다 물어봐야지.

"곰돌이 씨는 몇 살이에요? 여자예요, 남자예요?"

나도 참 성격 희한한 여자야. 하하하.

『23살. 남자.』

"와~ 나랑 동갑이네요? 나도 23살이에요."

곰돌이 씨에 대해서 너무나도 궁금한 것이 많아졌다.

"나 곰돌이 씨 얼굴 보고 싶은데… 보여주면 안 될까요?"

어떻게 생겼는지 무지무지 궁금했기 때문에 창피함을 무릅쓰고 물었다.

『미안해요. 알바하는 내내는 탈을 벗으면 안 되거든요. 그게 여기 방침이에요.』

"아… 괜찮아요. 그런데 어쩌자고 이런 알바를 하게 됐어요? 힘들지 않나?"

『여자 친구가 여기서 일을 하거든요. 그래서 가까이에서 보고 싶어서요.』

"아… 그래요? 여자 친구가 어린이 세상에서 일하나 봐요? 멋지다!"
이 사람 되게 멋진 사람이다. 여자 친구를 가까이에서 보기 위해서 이런 일도 마다하지 않고 하다니. 짱인걸? 후후~
"여자 친구랑 사이가 좋은가 봐요. 나는 무지 안 좋은데……."

『안 좋아요? 왜요?』

"모르겠어요. 제가 나쁜 사람이에요. 그래도 마음이 잡히질 않아요. 너무 오래 사귀어서 마음이 무뎌진 것인지… 싫은 건 아닌데 좋지도 않고… 이런 마음이면 헤어져야겠지요?"
 내 말에 한동안 곰돌이는 아무런 말도 하지 않았다. 그러기를 한참 후,

『오래 사귀었나 봐요. 저도 오래 사귀었는데…… 전 아직도 제 여자 친구가 좋아요. 이 사람이 아닌 다른 사람과 사귀는 건 상상도 안 해봤어요. 아직도 내게는 너무나도 사랑스러운 사람이라서……』

 더 더 곰돌이씨한테 정이 간다.

『여자 친구가 떠나면 어떻게 살죠? ^^』

 곰돌이 씨의 말을 들으니 준성이가 생각났다. 준성이도 이런 마음이면 어떡할까. 그 녀석은 도대체 무슨 생각을 하고 살고 있을까? 독한 놈. 연락 한 번을 없다니…….
 부장님이 찾고 난리났다는 전화에 부리나케 회사로 뛰어들어 갔다. 어디 갔다 왔냐는 말에 배가 아파서 화장실에 있었다는 핑계를 대고 자리에 앉았다. 큰일 날 뻔했다.
 "준희 씨, 오늘 시간있어요?"
 이정준 대리가 웃으면서 내 자리로 왔다. 무슨 일이지?

"왜요?"

"영화표가 생겼는데 같이 볼까 해서요."

"그러죠 뭐. 약속도 없는데."

"웃! 좋아요!"

마냥 아이같이 좋아하는 이 대리와 함께 퇴근을 했다. 물론 모두가 다 퇴근하고 말이다. 들키면 안 되니까. 코믹물이라고 한다.

이 대리와 영화를 보는 내내 영화가 머리 속에 전혀 들어오지 않았다. 우습게도 준성이 얼굴이 스크린 앞에서 떠나지를 않고 있었기 때문이다. 왜 이럴까. 난 도대체 무슨 생각으로 준성이한테 이러는 것일까. 이제는 정말 모르겠다. 내 감정인데 나조차 정말 모르겠다.

영화가 끝나고 이 대리의 차를 타고 근교로 나갔다. 차가운 바람이 시원하기만 했다. 오랜만이다. 이런 시원함.

"아직도 더 기다려야 하는 거지요?"

"네?"

"남자 친구랑 아직 끝난 것 아니지요?"

"뭐 먹으러 갈래요? 나 배고픈데……."

"아, 그래요? 그럼 근처 음식집 아무 데나 가요."

"네."

아이고, 박준희! 말 돌리기 선수네, 선수.

이 대리님과 레스토랑으로 들어갔다. 스파게티를 시키고 어서 빨리 나오기만을 기다렸다. 요즘 들어서 식욕이 자꾸 나서 미칠 노릇이다. 살이 찌려는 건가? 잠시 후에 스파게티가 나오고 나는 즐거운 마음에 포크를 집고 먹기 시작했다. 그런데 이 대리님은 잘 먹지를 못 한다.

"안 드세요?"
"실은… 퇴근하기 전에 빵을 먹었거든요. 배가 부르네요."
"아……."
"미안해요, 준희 씨. 전 못 먹겠어요."
"괜찮아요. 괜히 제가 죄송하네요."
"아니에요! 맛있게 드세요. 전 차나 마셔야겠어요."
"네."

다시 포크를 집고 스파게티를 넣는 순간 떠오른 것은 준성이었다. 강준성은 자장면 곱배기에 군만두에 탕수육까지 먹어놓고선 내가 혼자 먹을까 봐 라면 4개를 함께 먹어주었었다. 엄청 배가 불렀을 텐데 한 번도 내색하지 않고 오히려 나보다 더 맛있게 먹어주었다. 얼마나 배가 불렀을까. 그런데도 바보같이 나를 위해서 혼자 먹을 내가 걱정돼서 그 많은 것을 같이 먹어줬다. 바보같이…… 울컥. 울컥. 자꾸만 울컥거린다.

참고 있는데도 구슬 같은 눈물이 툭 하고 떨어지고 만다. 눈물을 가리기 위해 고개를 푹 숙인 채 먹고 있지만 먹으면 먹을수록 준성이가 생각나 나는 더 이상 눈물을 참을 수가 없었다.

"준희 씨, 울어요?"

바보 같은 놈. 정말 바보 같은 놈. 나 같은 여자가 뭐가 그리 좋아서…… 예전이나 지금이나 변한 것 없이 이기적인 여자가 뭐가 좋아서…… 있는 상처, 없는 상처 모두 모아서 주고 있는 나쁜 여자인 내가 뭐가 그리 좋다고…… 난 또 운다. 바보 같은 강준성이 가여워서 또 울어버리고 말았다.

"깜짝 놀랐어요. 갑자기 밥 먹다가 우는 사람이 어디 있어요. 하하."
"죄송합니다."
"이제는 조금 진정됐어요?"
"네."
"다행이네요."

이렇게 창피할 때가 또 있나. 휴~ 박준희, 정말 가지가지하는구나. 나도 참 미치겠다.

"이런 것 물어보면 실례겠죠?"
"뭔데요?"
"왜 울었는지 궁금해서요."

한동안 나는 아무런 대답도 할 수가 없었다. 머리 속이 뒤죽박죽이어서 쉽사리 꺼낼 수가 없다는 게 맞는 표현일 것이다. 그래도 굳이 말하자면……

"전에는요."

"네."

"사랑에는 설레임이 있어야 한다고 생각했어요."

"네……."

"그런데 설레임보다 더 중요한 걸 깨달았어요."

"그게 뭔데요?"

지금 내가 말하는 것이 그동안 내가 그토록 내리고 싶었던 준성이와 나의 결론일 것이다. 아마도 그럴 것이다.

"허전함이요. 있을 땐 모르는 허전함이요."

"허전함?"

"네. 몰랐어요. 있을 때는 나는 도대체 이 사람을 왜 만나야 하나, 나 이 사람을 사랑하고 있기나 하는 걸까, 왜 긴장되지도 않고, 좋고 싫지도 않을까… 그렇게 생각했어요."

"그런데 없으니까 허전해요?"

"네, 많이요. 너무 허전해서 정말 내 자신이 이상한 사람 같을 정도로……."

하루, 이틀 연락 없을 때는 오히려 편하고 좋았다. 무언가에서 벗어난 기분 같았고, 자유로웠다. 또… 이제는 다른 사랑도 할 수 있지 않을까 하는 기대감마저도 있었다. 그런데 시간이 지나면 지날수록 내 안의 무언가가 빠져나가는 기분이 들었다. 하루가 지나면 또 줄고, 또 하루가 지나면 어제의 느낌 두 배 정도로 무언가가 줄어들고… 그것이 지속되면서는 완전히 텅 빈 느낌이 들었다. 그렇게 되어서야 나는 깨달았다. 6년이란 무시 못할 시간들이 내 안에 아주 깊숙이 숨어들어 내가 눈치 채지 못할 만큼 내 안의 일부가 되었다는 사실을 말이다. 정말로 아주 바보같이 없어진 후에야 나는 비로소 깨달았던 것이다.

"저 이제 제 원래의 자리로 돌아가려구요. 그동안 너무 많이 방황했던 것 같아요. 이제 그만 하고 본래의 자리로 돌아가고 싶어요."

내 본래의 자리는…… 강준성의 옆 자리…….

다음날 회사에서 나는 자꾸만 가슴이 두근거렸다. 알 수 없는 느낌이었다. 오늘은 회사가 끝나면 준성이를 만나러 가야겠다. 이번에는 꼭 내가 준성이를 잡아야겠다. 다시는 놓치지 말아야지. 사회에 찌든 멍청하고 바보 같은 여자를 구원해 줄까? 준성이가?

"박준희, 무슨 좋은 일이라고 생겼어?"

"아니, 왜?"

"얼굴이 확 폈다. 어제랑 영 다른걸?"

"진짜? 히히."

"아! 너 준성이랑 화해했구나? 그치? 그치??"

"아니, 아직~"

"그럼??"

영신 언니는 나를 뚫어져라 본다.

"내가 먼저 준성이 찾아갈 거야."

"정말?"

"응. 그동안 내가 너무 잘못했다는 걸 깨달았어."

"그래, 알았으면 됐다! 기지배~ 결국은 이럴 거면서 그동안 준성이 속을 얼마나 썩였어?"

나 아주 소중한 걸 깨달았어. 사랑의 또 다른 의미 말이야. 누군가를 만나서 사랑하게 되면 물론 설레임이야 있겠지만 시간이 흐르면 흐를수록 사랑에는 설레임이 아닌 정이라는 것이 생긴다는 것 말이야. 그렇게 생각하니까 사랑, 그것 별게 아니더라구. 옷에도 여러 가지 종류가 있듯이 사랑에도 여러 가지 종류가 있다는 것을 알게 되었어. 정… 그것도 사랑의 한 방식이더라구…….

6살짜리 내 사랑이 왜 자꾸만 뒤를 돌아보고 또 돌아봤는지를 이제 알 것 같다. 그것은 그 사람에 대해서 다시 한 번 생각해 본다는 것이 아니라, 또 모르는 길을 가서 자꾸만 뒤를 돌아보는 것이 아니라 내 뒤에 있는 그 사람을 보기 위해서라는 것을 깨달았다. 내 뒤에는 언제나 준성이가 있었다. 그것은 7살이 되어도, 8살이 되어도 변하지 않을 진리이다. 그런 내 사랑…… 이제는 내가 되찾아야겠다.

그놈은 나의 전부였다.

"언니, 나 잠깐만 나갔다 올게!"

"야, 박준희! 어디 가! 준희야!"

문득 곰돌이 알바생이 생각났다. 가서 꼭 말해줘야지. 나 남자친구한테로 돌아가기로 했다고 말해 줘야지. 그럼 자기 일같이 좋아해 주겠지?

어린이 세상 앞을 기웃거렸다. 그러나 기다리는 곰돌이 씨를 나오지 않고 꼬마들만 나오고 있었다. 에이!

"나 어제 곰돌이 얼굴 봤다?!"

곰돌이의 얼굴을 봤다니? 이런, 궁금하잖아! 나도 모르게 대화를 나누고 걸어가는 꼬마 둘을 쫓아갔다.

"정말? 곰돌이 안에 사람 들어 있는 것 맞지?"

"응! 니 말이 맞았어! 되게 잘생겼었어!"

"우와, 정말?"

"응!!"

잘… 잘생겼다구? 이런… 더욱더 궁금해지는군.

"그런데……."

말을 하던 꼬마 아이는 잠시 말을 멈추고 곤란한 표정을 지었다.

"울고 있었어."

"응??"

"곰돌이 탈을 벗었는데… 무지 잘생긴 오빠가 울고 있었어."

"진짜루??"

"응. 스케치북 들고 막 울었어. 우리가 하도 괴롭혀서 그런가 봐."

"정말 그런가 보다."

"응. 우리 다시는 발로 차고 때리고 도망가지 말자. 많이 아팠나 봐. 울기까지 하구."

"괴롭히지 말자."

"그래."

울고 있었다니? 곰돌이 씨가 울고 있었다니? 그것도 어제? 스케치북을 들고 있었다니…… 나와 얘기를 마치고 들어갔을 때인가? 그때 곰돌이 씨가 울었다구? 도무지 믿어지지 않는 꼬마의 말이었다. 아, 그래 곰돌이 씨도 오래된 여자 친구가 있다고 했지. 그리고 곰돌이 씨는 나와 동갑이라고 했고……. 그리고… 그리고 곰돌이 씨 아팠어… 그리고…… 준성이도 아팠어. 강준성도 아팠어…… 설마?! 설마!!

머리 속이 온통 정지된 느낌이다. 나는 급하게 다시 어린이 세상으로 뛰어갔다. 그때 바로 내 옆에 앰뷸런스가 한 대 서고 사람들이 급하게 뛰어 어린이 세상으로 들어갔다. 예감이 별로 좋지 않다. 가슴이 철렁하고 내려앉았다. 들것에 실려서 누군가가 나오고 있었다. 곰돌이 씨였다.

"곰 탈 좀 벗겨주세요."

누군가가 말했고 어린이 세상에서 일하는 듯한 여 교사가 급하게 곰돌이 탈을 벗기었다. 그래서 나는 그토록 궁금했던 곰돌이 씨의 얼굴을 볼 수가 있었다. 처음부터 나를 보며 항상 인사를 건네왔던 그 곰돌이 씨를… 그 얼굴을 나는 볼 수가 있었다.
 "준성 씨! 준성 씨, 정신 좀 차려봐요! 준성 씨!"

 『여자 친구가 여기서 일을 하거든요. 그래서 가까이에서 보고 싶어서요.』
 『오래 사귀었나 봐요. 저도 오래 사귀었는데…… 전 아직도 제 여자 친구가 좋아요. 이 사람이 아닌 다른 사람과 사귀는 건 상상도 안해봤어요. 아직도 내게는 너무나도 사랑스러운 사람이라서…….』
 『여자 친구가 떠나면 어떻게 살죠? ^^』

 나는 참 바보다. 너무 바보다. 너였는데…… 너였는데… 그렇게도 궁금했던 곰돌이 씨는 너였는데…… 강준성 너였는데……. 흑…….
 "어떻게 된 겁니까?"
 "요즘 들어서 아팠는데 쉬라고 해도 말을 듣지 않았어요. 꼭 나와서 일을 해야 한다면서… 결국엔 탈진한 것 같아요."
 미안해. 정말 미안해. 준성아, 내가 너무 잘못했어. 내가 너무 나빴어.
 앰뷸런스가 급히 떠났다. 나는 어린이 세상 앞에서 꼼짝도 할 수가 없었다. 휴대폰이 울리고 있음에도 불구하고…… 영신 언니의 전화란 것을 알면서도 나는 쉽사리 회사로 갈 수가 없었다.
 그래서 울었구나. 그래서 바보같이 울었구나. 못된 여자 친구가 하는 말을 듣고 너무 가슴이 아파서 너는 울었구나. 나는 그런 줄도 모르고 그렇지 않아도 상처났을 네 가슴에 또 한 번 잔인하게 긋고 또 그었구나. 어쩜 좋아. 정말 어떡하면 좋아. 너 가슴 아파서 어떻게 참았어. 그런 모진 말 듣고 너 어떻게 참았니.

 준성이는 독감으로 병원에 일주일 동안을 입원해야만 했다. 나는 아픈 준성이 곁을 단 하루도 떠나지 않았다. 회사 가는 동안은 민이가 와서 간호를 해줬고, 퇴근 후에는 내가 곁에 있었다.
 "준희야……."
 "왜."
 "미안해, 나 때문에 괜히……."
 얼른 뒤돌아섰다. 눈물이 나서 참을 수가 없었다.
 "알면 됐어! 이게 뭐냐? 퇴근하자마자 집도 못 가고 병원으로 달려오고! 쳇."
 "미안……."
 "사내자식이 독감에나 걸리고 말야."
 차마 준성이 앞에서는 눈물을 보일 수가 없었다. 이를 악물고 눈물을 참으려 해보아도 이놈의 눈물은 지가 잘못한 것을 아는 건지 멈출 생각을 하지 않는다.

"강준성."

"응?"

"아프지 마."

"응……."

"다음부터 내 허락 없이 니 멋대로 아프면 나한테 정말 죽을 줄 알아."

"그래, 알았다."

강준성, 너 아프니까… 너 아픈 얼굴 보니까 나 진짜 가슴이 아파서 죽겠어. 진짜 못 보겠는 거 있지. 그러니까 이제 정말로 아프면 안 돼. 알았지? 아프면 안 돼…….

준성이가 퇴원을 하고 맞는 일요일이었다. 나는 오랜만에 준성이네 집에서 잤고, 준성이가 일어나기 전 근사한 아침 식사를 준비했다. 오~ 최고의 만찬이다! 하하하.

"강준성, 얼른 일어나! 밥 먹어!! 밥!"

단번에 일어나면 강준성이 아니지요. 흠, 나는 달콤한 나의 입술을 쓰윽 닦고 놈에게로 가까이 다가갔다. 그리고!! 그대로 놈의 볼을 물어주었다. 아하하.

"아악!!"

"일어나!"

"준희야, 아파!!"

"아프라고 깨문 거야!"

"아, 진짜 아프다."

놈은 볼을 만지작거리면서 식탁에 앉았다. 근사하게 차려진 아침상을 보더니 눈이 휘둥그레진다. 흠~ 내가 조금 하지.

"이게 웬 진수성찬이야?"

"너 퇴원 축하기념이지! 어때? 마음에 들어?"

"응, 최고야!"

준성이와 함께 나란히 앉아 맛있게 밥을 먹으려고 할 때였다. 준성이 녀석이 나를 뚫어져라 바라본다. 저놈이 쑥스럽게 왜 쳐다보고 난리야. 괜히 민망하여 반찬을 뒤적거리며 딴 짓을 해보려 했지만 이 인간은 아랑곳하지 않고 계속 쳐다본다. 할 수 없이 소리쳤다.

"밥 먹어!!"

"준희야, 우리 지금까지 매일 떨어져서 잤잖아. 지겹지도 않나? 이제는 눈을 떴을 때 멍청한 곰인형 말고 예쁜 네가 있었으면 참 좋겠다!"

저… 저 인간 지금 이게 프러포즈라고 하는 거겠지? 그치? 내 원 참!

"참 너답다."

"뭐가?"

"너 같은 발상의 프러포즈라구."

"하하하."

"내 팔자에 무드있는 프러포즈가 웬 말이더냐."

"허락하는 거야?"

오늘은 이상하게도 놈의 느끼한 두 눈이 사랑스럽기만 하다. 나도 참~

"그럼 나 말고 딴 여자 옆에서 자고 일어나려고 했어? 쳇!"

"나 너한테 줄 선물 있다."

"뭔데?"

"잠깐 나와봐."

밥을 먹다 말고 나는 녀석의 손에 이끌려 나갔다. 놈은 빌라 주차장으로 내려갔다. 이게 밥 먹다 말고 주차장은 왜 가는 거지? 이해가 안 되네. 그러더니 빨간색 쥴리엣 차 앞에 서곤 운전석 문을 열어준다.

"왜? 이건 뭔 차야? 어디서 났어? 빌렸어?"

"니 거야."

"응??"

"니 차라구."

"이게 왜 내 차야? 나 차 없어."

"아는 형이 운영하는 중고차 가게에서 싸게 샀어. 너 매일 버스 타고 출, 퇴근하는 거 마음에 걸려서······."

이놈의 강준성은 도대체 언제까지 나를 울릴 셈인지……. 너 그럼 일부러 곰돌이 아르바이트했구나. 그 탈 쓰고 계속 일한 거구나. 나 때문에… 내 차 사주려고…….

"마음에 안 들어?"

"아니… 아니, 너무 예쁘다. 너무 예뻐!"

"또 우네?"

"뭐야. 니가 울렸잖아."

"오늘 드라이브 어때? 응?"

"너 나 베스트 드라이버인 것 모르지? 나 최고야."

"하하하. 그래, 기대할게."

"나만 믿어!"

"집을 찾아올 줄은 아는 거지?"

"뭐? 야! 야!! 죽을래?"

"하하하."

돈은 많으면 뭐든지 사고 즐길 수 있다. 돈이 많으면 단번에 뭐든지 살 수 있기에 노력의 즐거움을 모르고 살게 된다. 그러면 그럴수록 생기는 것은 나태와 교만이다. 23살인 지금, 나 박준희는 노력하며 사는 즐거움을 깨달았고, 이 세상에서 돈이 전부가 아니라는 것을 실감하게 되었다. 예전 회사 동료의 말같이 여자는 돈 많은 남자를 얻는 것이 인생의 목표라고 하지만 그것은 일부요, 모두가 그렇지 않다는 것을 그도 깨달았으면 좋겠다. 돈 많고 능력있는 이정준 대리한테 흔들렸던 것은 사실이었지만 나는 역시 아무것도 없는 상태에서 땀 흘리고 노력하는 준성이가 더 좋다. 앞으로 준성이를 더욱더 많이 사랑하게 될 것만 같다.

　사랑에는 약이 없다.

　사랑에 진정 특효약은 사랑하는 사람밖에는 없다. 정말 그 단 한 사람밖에는…….

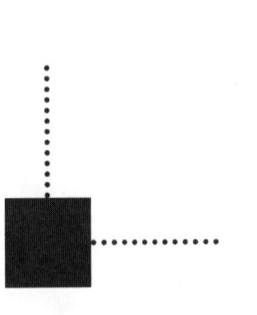

번외

난 니가
싫어졌으면 얼마나 좋을까?
어!느날 문득 니가 헤어지자고
해도 슬프지 않게……

"아악! 대장! 몸이 왜 그래?!"

등에 파스가 덕지덕지 붙어 있는 것을 보자 운균이 녀석이 방방 뜨며 소리를 지른다. 하여튼 저 못 말릴 녀석. 예나 지금이나 변한 것이 없어서 당황되는 새끼다.

"대장, 이 파스 다 뭐야!! 왜 이래?!"

며칠 전부터 주말마다 공사장에서 아르바이트를 하기 시작했다. 이 아르바이트가 돈벌이가 가장 좋은 것 같다. 물론 힘이야 들지만.

"보고 있지만 말고 하나 더 붙여봐."

"왜 이러냐니까?"

"운동을 무리하게 했더니 이런다."

"아니, 도대체 무슨 운동을 하길래?"

"자식아, 빨리 붙이기나 해."

"응."

울먹이는 건지 아니면 감기가 걸린 건지 운균이 녀석 코를 훌쩍거린다.

"나의 사랑을 담아!"

라고 외치며 파스를 강력하게 붙이는 망할 운균이.

"아악!"

"헉."

"죽을래?"

"대장, 미안. 난 그저 강하게 붙이고 싶어서."

겁을 먹었는지 자꾸만 구석으로 간다.

"와라."

"아아앙."

"안 때릴 테니 대신에 입단속 잘해."

"입단속이라니?"

"준희한테는 나 등에 파스 붙이고 있는 것 얘기하지 마."

"왜??"

"맞을래?"

"아니!"

"그래, 그럼 알겠지?"

"응!!"

언제부터인가 먼 회사를 버스로 출, 퇴근하는 준희를 보게 되었다. 아침마다 버스와 전쟁을 치른다는 것이 얼마나 피곤한 일인지 익히 들어서 알고 있었다. 준희는 항상 아무런 말도 하지 않지만 볼 때마다 신경 쓰이고 안쓰러운 것이 사실이었다. 그래서 공사장 아르바이트를 주말마다 하기로 마음먹었다. 열심히 모아서 우리 준희 예쁜 자가용 한 대 사줘야겠다. 그럼 아침마다 힘든 버스 타지 않아도 되겠지. 준희가 자가용 보면서 좋아할 표정을 생각하니 지금부터 기분이 좋아진다. 일할 때도 준희의 웃는 모습만 떠올리면 힘이 불끈불끈 솟는다. 준희야, 기다려! 나 열심히 일할게!

복학을 하고 나니 생기는 것은 술자리뿐이 없었다. 선배랍시고 술을 사준다는데 또 그걸 마다할 수도 없었다.

"준성아, 너 진짜 잘생겼다! 죽음이야."

걸쭉한 목소리의 나보다 한 살 어린 여자 선배가 고래고래 소리친다. 대학은 참 웃기다. 나이가 어려도 학번이 뭐가 그리 중요한지 선배 취급을 해줘야 한다는 것이다. 어리지만 존칭을 써야 한다는 게 상당히! 매우! 마음에 안 들었지만 어쩔 수가 없었다. 그래서 운균인 아예 선배들과의 자리에선 단 한 마디도 안 한다. 입을 삐쭉 내밀고 말을 시켜도 대답도 잘 안 한다. 우스운 놈. 킥킥.

한참 술을 마시고 있을 때였다.

"준성이 오빠, 잠깐 나와보래요."

같은 학번인 여자 아이들은 그래도 내게 존댓말과 오빠라는 호칭을 써준다. 그나마 다행이었다.

"누가?"

"저도 잘 모르겠어요. 그냥 오빠 불러달라는데요?"

밖으로 나가보니 어떤 여자 아이 두 명이 나를 기다리고 있었다. 처음 보는 애들인데 누구지?

"저 불렀어요?"

내가 나오자 둘 다 경직한다. 민망하게 왜 저런담. 그들이 하도 민망해하길래 머리를 긁적이며 딴 짓을 해보았다.

"저기요, 저… 저는 같은 과 민혜주라고 하는데요. 이, 이거……."

하면서 내게 무언가를 주는 여자 아이. 자세히 보니 편지인 듯싶었다.

"미안한데요, 저 여자 친구 있어요. 편지 받을 수가 없어요."

"네? 네……."

"그럼 먼저 들어가 볼게요."

다시 술집 안으로 들어가는 찰나 운균이 녀석이 나를 보면서 박수를 치고 있다.

"역시 대장다워~"

"왜 나왔냐?"

"편지는 좀 받으면 어때서? 받아주지, 쟤 울겠다."

"나와 울든 말든 무슨 상관이야."

"헉! 무서운 대장."

"넌 언제까지 대장 대장 할래? 남들이 알면 조직이라도 되는 줄 알겠다."

"하하하. 우리 조직 있잖아!!"

"뭔 조직!"

"고딩파!"

"너 진짜 창피하게 자꾸 옛날 얘기 할래?"

"하하하~ 지금 생각해도 웃겨 죽겠네. 무슨 생각으로 깡패들한테 우리? 고딩파! 이랬을까?"

"미쳐서 그랬다. 왜!!"

18살, 부산으로 놀러갔을 때의 일이다. 진짜 조폭들에게 대항을 하며 고딩파라고 외쳤던 내 입. 그때부터 운균이 녀석은 틈만 나면 저 소리다. 미치고 환장할 노릇이다. 사실 내가 생각해도 정말 우스운 답변이라 더 창피하다.

"대장, 사실은……."

저 인간 또 사고쳤나 보다. '사실은'이라면서 스타트를 찍는 것을 보니 말이다. 이번엔 또 무슨 사고를 쳤길래.

"왜, 임마?"

"아니, 정민이 있잖아."

"걔가 왜?"

"걔 동생이 나를 마음에 들어한대잖아."

"근데?"

"걔를 만나기로 했는데 아니, 글쎄 걔가 친구랑 같이 나오래서……."

"싫어, 안 가."

"아악! 대장! 대장, 한 번만! 응? 한 번만!!"

"싫다."

한 번 싫다고 한 것이면 안 하는 내 성격을 아는 운균인 반은 삐쳐서 혼자 술을 마시기 시작했다. 시간이 가면 갈수록 초등화가 되는 운균이 덕분에 코미디 쇼를 보지 않아도 웃음이 종종 나왔다.

"나온 입 좀 수습해라."

"흥!"

"야, 너 그놈의 흥 좀 안 하면 안 되겠냐?"

"싫어! 흥! 흥! 흥!!"

누가 저 인간을 23살로 보겠는가. 그래서 예은이도 같이 철이 없어서 망정이지. 쿡.

그때부터 나를 데리고 나가려는 운균이의 필사적인 노력이 시작되었다. 어디서 가지고 온 건지 보자기를 머리에 쓰고 최고의 노래 '십오야'를 부른다.

"하하하!!"

하여튼 운균이가 저 노래를 부르면 웃음이 안 나올래야 안 나올 수가 없다.

"이래도 안 가? 응? 한 번만인데? 응? 이렇게 귀여운데? 응?"

휴~ 못 당해내지. 하여튼 이운균, 최고의 말썽쟁이.

"알았어! 대신 딱 한 번만이다!"

"응~"

그리하여 나는 운균이 녀석과 다음 주에 여자 아이들을 만나기로 했다.

"수고하셨습니다."

일요일, 일을 마쳤더니 어느덧 밤 9시다. 준희에게서 전화가 왔다.

[너 어디야?]

"응? 나… 애들이랑 술 마시고 있어."

[참나, 또 술이지? 넌 어째 매일 술이야?]

"술자리가 자꾸만 생기네."

[됐다, 됐어. 집에 반찬 해놨으니까 챙겨서 먹어.]

큰일이다. 내 삶 곳곳에 준희가 있는데 난 이제 준희가 없으면 어떻게 살까? 아니지, 우리 준희가 나 말고 어디를 가겠어. 그래,

지금의 내 마음만큼 준희도 그럴 거야. 빨리 시간이 흘러서 준희를 책임질 수 있었으면 좋겠다. 그럼 그때는 준희한테 꼭 청혼해야지. 꼭.

집으로 가니 역시 집 안 구석구석 준희의 흔적이 있다. 그동안 못했던 빨래들도 깨끗하게 빨아서 걸려 있고, 냉장고 안도 음료수와 음식들로 가득 차 있다. 식탁에는 맛있는 저녁 식사가 준비되어 있다. 입가에 미소가 절로 지어진다.

"잘 먹을게, 준희야!"

준희는 내 가슴을 항상 따뜻하게 만드는 여자다.

어느덧 운균이가 잡은 약속 날짜가 돌아왔고 나는 하는 수 없이 약속 장소로 나가게 되었다. 커피숍 안으로 들어가니 예쁘장하게 생긴 아이들이 우리를 기다리고 있었다. 더 못 말릴 상황은 이 아이들이 고등학교 2학년이란다. 운균이도 며칠 전에 알았다고 한다. 23살에 18살이라는 어린아이들은 만나야 한다니. 하여튼 이 운균 이 자식, 일 꾸미는 데 선수다, 선수!!

"안녕~"

운균이 녀석은 뭐가 그리 좋은지 헤헤거리며 자리에 앉았다. 아무 생각 없이 자리에 앉아 있는데 자꾸만 앞에 앉은 아이가 쳐다본다. 내 얼굴에 뭐가 묻었나 해서 쓱쓱 닦아보기도 했지만 그래도 자꾸만 쳐다본다. 그렇다. 처음부터가 잘못된 만남이었다. 운균이 자식을 믿고 이 자리에 오는 것이 아니었다.

"오빠!! 전 공혜연이에요!!"

"어? 어, 그래."

씩씩하게 '오빠!'를 외치고 당당하고 새침하게 '공혜연이에요'라고 하는데 사실 당황하였다. 여자애를 만나서 당황해하기는 준희 이후로 이 아이가 처음이다. 박준희도 카리스마가 대단했지. 흠.

혜연이라는 아이는 헤어질 때까지 내게 말을 시켜왔다. 단지 그냥 시킨 것이 아니라 쉬지 않고 연실 말이다. 운균이 친구 동생들만 아니라면 씹기도 무방했지만 그 친구를 봐서 그래도 고분고분하게 대답을 해주었다.

그런데… 길에서 우연히 준희와 예은, 지영, 민이를 만나고야 말았다. 화가 난 예은이는 운균이에게 다짜고짜 성질부터 내기 시작했고, 예은이의 모습을 보자 운균이를 좋아하는 아이가 혜연이라는 애를 데리고 어디론가로 사라졌다. 그러던 중 준희와 눈이 마주쳤다. 하지만 준희는 오히려 대견스럽다는 듯 말을 내뱉는다. 예은이같이 화를 내기를 내심 바랐는데 준희는 잘했다며 내 어깨까지 툭툭 쳐준다. 그때부터였다, 준희에게서 이상함을 느낀 것이 말이다.

그때의 태도를 심각하게 생각하고 있던 어느 날, 그것이 견딜

수 없어 술을 마시게 됐고 취기가 오른 나는 준희에게 전화를 걸었다.

[또 술 마셨어?]

"뭐 늘 그렇지."

[매일 그렇게 술 마시는 것이 니 삶이야? 그럴 시간 있으면 한 자라도 더 공부나 하지 그래?]

그때부터였을까, 준희와 내 사이에서 삐그덕 소리가 나고 있었던 것은……

[어떤 사람은 20살 후반인데 능력 인정받아서 아주 난리더라, 난리! 너 언제까지 그러고 있을래? 매일 술에, 당구에, 컴퓨터 게임에 아주 노느라 바쁘다, 바빠.]

절망적이었다. 준희는 내게 스치듯 한 말이겠지만 죽을 것만 같았다. 나는 지금 아무리 발버둥을 쳐봐도 준희가 말하는 능력있는 사람이 될 수가 없는데……. 지금같이 내 자신이 무능력해 보이고 별 볼일 없는 인간 같은 적은 처음이었다.

[지금은 고객이 전화를 받을 수가 없어…….]

벌써 몇 번째인지 모르겠다. 준희가 전화를 받지 않았다.

"준성아, 소주 한잔하러 가자!"

"나중에 마시자. 나 먼저 갈게."

"준성아! 강준성! 야, 어디 가?"

과 친구가 부르는데도 아랑곳하지 않고 달렸다. 급한 대로 택시를 타고 서둘러서 준희네 회사 앞으로 갔다. 정문 앞에 서서 5시까지 기다렸다. 준희가 나오고 있었다.

"웬일이야?"

내 앞에 서자마자 퉁명스럽게 말하는 이 녀석.

"전화를 받지 않길래 걱정돼서 왔다."

"바빴어. 이따가 전화하려고 했는데."

확인해 보고 싶었다. 나도 모르게 두려워서 그랬던 것인지도 모른다. 나도 모르게 말이다.

"배고프지? 밥 먹으러 가자."

회사 사람들이 많았고, 분명 무슨 일이 있어 함께 가고 있는 것을 알면서도 난 준희를 잡아끌었다. 남자들은 항상 이렇게 단순하다. 여자들은 모른다. 남자도 가끔 확인이란 것을 하고 싶다는 걸 말이다.

"나 오늘 회식 있어."

"……"

"그러길래 무턱대고 왜 왔어?"

"빠지면 안 돼?"

"안 돼. 오늘 새로 온 대리님 환영회야."

"그래, 알았어. 회식 끝나고 전화해. 데리러 갈게."

"……"

아무 대답 없이 가버리는 준희를 보면서 저 녀석 확실히 무언가가 달라졌다는 것을 느낄 수가 있었다. 답답해진다. 너무 답답해서 내 자신이 제어가 안 될 정도로.

택시에서 내려 걸어다녔다. 리어카에서 팔고 있는 꽃들이 눈에 들어왔다. 마음 같아서 한 다발 사고 싶었는데 주머니에 든 돈은 달랑 천 원짜리 지폐 3개다. 이럴 줄 알았으면 택시를 타는 게 아닌데 강준성도 꼴에 남자라도 준희가 말하는 능력있는 회사원들 앞에서 버스를 타고 오는 것이 끔찍하게도 자존심이 상했다. 병신같이 말이다.

"장미꽃 한 송이만 주세요."

장미꽃 한 송이를 들고 찾아온 곳은 결국 준희네 집 앞이었다. 한참을 그 앞에 서서 준희를 기다렸다. 준희는 생각보다 일찍 왔다. 녀석은 취했는지 얼굴이 붉어졌다. 항상 술에 취하면 양 볼이 빨개진다.

"일찍 왔네? 늦게 올 줄 알았는데."

"속이 안 좋아서……."

준희에게 장미꽃을 주었다.

"길 가는데 꽃 보니까 네 생각 나서 샀다."

"고마워."

고맙다고 말하는 준희는 고개를 숙인 채 나를 잘 쳐다보지 못했다. 왜일까. 준희의 그런 행동에 내 가슴은 자꾸만 철렁거린다.

"다음에는 더 멋진 걸로 줄게. 기대해."

"으… 으앙."

바보 같은 내 말에 준희는 나를 붙잡고 엉엉 울어버린다. 바보같이 운다. 나 너무 미안하게……. 이럴 줄 알았으면 자존심이고 뭐고 다 버리고 버스 타는 건데. 그래서 멋지게 장미꽃 한 다발 사서 안겨주는 건데. 치졸하게 유치한 자존심 내세웠던 내 자신이 너무나도 미웠다. 그런데 술에 취한 준희가 내 가슴을 엉망으로 만들어놓고야 말았다.

"준성아, 미안해. 나 자꾸만 다른 사람한테 흔들려. 흔들려… 미안해. 정말 미안해. 이러면 안 되는데 나 왜 자꾸 이러니……. 정말 왜 이러니."

준희야… 무슨 소리야? 너 지금 나한테 무슨 소리 하는 거야? 흔들리다니, 흔들리다니! 누가? 니가?! 니가 지금 딴 남자한테 흔들리고 있다는 거야? 준희야, 박준희!!

차마 입이 떨어지지 않아서 순간 죽는 줄 알았다. 무슨 말이라도 해야 하는 건데 내 입은 말 그대로 어쩔 줄 몰라 하고 있었다.

"그때 그 사람? 20대 후반에 인정받았다는 그 사람?"

"…응, 그래. 그 사람… 그 사람……."

그대로 준희는 내게 기대 정신을 잃었다. 이때 술이라도 취해 있었으면 얼마나 좋을까. 맨 정신으로 듣고 나니 심장이 타는 것 같다. 준희를 업고 계단을 올라가는데 자꾸만 코끝이 찡해졌다. 23살 강준성은 너무나도 형편없는 인간이 되어가고 있었다.

"뭐야? 박준희 술에 떡이 됐네?"

준영이다.

"응, 회식이었대."

준희를 침대에 눕혔다. 눈가에 마스카라가 번져 있었다. 매사에 철저한 준희가 이렇게 흐트러져 있다. 이 녀석은 지금 많이 힘든 것이 분명하다.

"형, 지금 뭐 해?"

화장을 지워주고 있는 나를 보더니 준영이가 화를 버럭 낸다.

"여자들은 피부가 생명이잖냐~ 그리고 준희 뽀로지 하나에도 난리인데 지워줘야지."

"박준희, 저걸 그냥!!"

준희야, 떠나지는 않을 거지? 그치? 미안하다. 갈수록 형편없는 사람이 되어가서 정말 미안해. 나란 놈은 언제쯤이면 니 앞에서 당당해질 수 있을는지… 때로는 이런 내 모습이 싫어서 현기증이 나. 그래도…… 그래도 너만은 내 옆에 있어주기를 바라는 나 너무 이기적인 거겠지?

"형 갈게."

"자고 가!"

"아니다. 그냥 갈게."

"준성아, 미안해. 나 자꾸만 다른 사람한테 흔들려."

또 생각난다. 날 더 힘들게 하는 준희의 말이 말이다.
"준영아."
"응."
"나 많이 형편없지?"
"응? 무슨 말이야?"
"아니다. 아무것도 아니야. 나 간다."
참 쓸데없는 말이었다.
그런 일이 있은 후 준희는 자신이 무슨 말을 내게 했는지 까마득히 모르는 듯했다. 그래서 나 역시 아무 일도 없었던 척 행동 해야 했다. 오히려 이 편이 더 나았다.

"오빠~ 오빠~"
혜연이가 날마다 집 앞으로 찾아왔다.
"오지 말라고 했지."
"뭐 하고 있었어요?"
"자꾸 내 말 씹을래?"
"어머! 내가 언제 오빠 말을 씹었어요? 오빠 말이 뭐 껌인가. 그리고 난 이가 약해서 껌 같은 것 싫어해요."
참 대단한 아이다. 늘 이런 식으로 말문을 막히게 만들기 때문이다.

"우울해 보여요."

"훗, 내가?"

"네."

"아닌데."

"됐어요. 난 오빠 얼굴만 봐도 알 수 있어요. 좋아하니까."

그래, 나도 얼굴만 봐도 알 수 있다, 무슨 생각 하고 있는지. 그래서 너무나도 잘 알아서 가끔 그것이 두려울 때가 있다. 내게 준희가 그렇다.

"혜연아."

진지하게 혜연이를 불렀다.

"네."

"넌 내가 순간적인 사랑을 하고 있다고 생각하지?"

"……."

"절대 아니야. 난 나를 아주 잘 알아. 난 과거도 박준희였고, 현재도 그래. 그리고 앞으로도 박준희일 거야. 준희 한 사람 사랑하는 것도 나한테 아주 벅차. 그래서 딴 것들 집어넣을 틈이 없어. 너 계속 이러면 앞으로 더 힘들어져. 상처 같은 것 주고 싶지 않다. 나 찾아오지 마."

"오빠 참 냉정하다."

"원래 이런 놈이야. 이런 냉정한 놈이 박준희 만나서 인간답게 살고 있는 중이야."

넌 모를걸. 나란 놈 중학교, 그리고 고등학교 2학년 초기까지만 해도 더럽게 냉정했고, 내 자신만 생각했던 놈이야. 사랑 같은 것 제대로 받지도 못했고, 해보지도 못했던 놈이야. 그러다 한 사람을 만나서 사랑의 기쁨과 쓴맛을 전부 배워 버린 놈이야. 그런 놈인데 어디 가서 다시 시작을 하냐. 내가 뿌리박고 살아야 할 사람은 벌써부터 내 옆에 있는데…….

난…… 하나 사랑하는 것도 너무 슬프고 힘들어. 돌아설까 봐… 내 전부가 나를 버릴까 봐.

기어코 바라지 않았던 일들이 터져 버렸다. 준희가 내 앞에서 그동안 내게 느끼었던 아주 미세한 부분까지도 털어놓고야 말았다. 다시 한 번 실감하게 되었다. 내 자신의 초라함을 말이다. 한 번쯤이라도 당당해질 수 있었으면 좋겠는데 준희의 말이 모두 맞아서… 하나도 틀린 게 없어서 반박조차 하지 못했다. 오히려 맞는 말만 골라서 하는 준희가 미워 보이기까지 했다. 알고 있는 사실, 느끼고 있는 사실을 거짓없이 얘기하는 준희가…… 나를 더 힘들게 만들었다.

"나보고 회사 때려치우라고? 관두라고? 나 당장 관두면 니가 나 먹여 살릴 능력이라도 있어?"

망할 자존심은 또 터져 버린 것이다. 난 왜 이렇게 현실과 이상을 구분 못하는 것일까. 때로는 너무나도 현실적인 준희 앞에서 무서울 때도 있다. 시간이 가면 갈수록 나는 이상을 꿈꾸고 준희는 현실에서 대처하는 방법을 너무나 잘 알고 있는 듯했다.

도망치듯 준희네 집에서 빠져나왔다. 더 이상 있다간 단번에 무너져 버릴 것 같아서 피해 버렸다. 이상 앞에선 남자랍시고 당당하고 그래, 사실 센 척까지 하는 나인데 현실 앞에선 비 맞은 생쥐 마냥 볼품없고 초라하다. 그래서 피해 버렸다. 창피하니까. 그래, 남자로서 쪽팔리니까.

그 후로 준희를 볼 수가 없었다. 볼 용기가 나지 않아서 꼭꼭 숨어버렸다. 그런데 바보같이 보고 싶다. 너무 보고 싶어서 눈이 아플 정도다. 결국 내가 한 짓은 준희네 회사 바로 앞에 있는 '어린이 세상'이라는 곳의 곰돌이 알바생이 되는 것이었다. 준희에게 들키지 않기 위해 난 필사적이었다. 멀리서나마 보는 준희는 언제나 보아도 예뻤다. 그런 준희를 보며 인사도 하고 바보 같은 짓도 많이 했다. 그렇게 가끔씩 보는 준희의 모습은 언제나 내 삶의 활력소가 되어주었다.

"콜록, 콜록."

젠장. 이놈의 감기는 어떻게 된 것이 떨어질 생각을 하지 않는다. 감기 덕분에 알바를 갈 수가 없었다. 아프면 마음이 약해진다고 했던가. 나도 모르게 수화기로 손이 갔지만 전화를 걸 수는 없었다. 아프지 말아야지. 정말 아프지 말아야지. 아프니까 빈 수화기 붙들고 준희 이름 부르자마자 이렇게 병신같이 울지. 그래, 이것이 다 몸이 아픈 탓이다.

너무나도 아파서 며칠을 쉬고 다시 알바를 하러 나갔다. 그랬더니 오늘은 준희가 나를 찾아왔다. 장난기 많은 눈을 하고선 내게 이것저것 막 물으려 하고 있다. 다시 안으로 뛰어들어 가 스케치북을 들고 나왔다. 서툰 글씨로 준희의 물음에 대답을 해주었다. 그런데……

"모르겠어요. 제가 나쁜 사람이에요. 그래도 마음이 잡히질 않아요. 너무 오래 사귀어서 마음이 무뎌진 것인지… 싫은 건 아닌데 좋지도 않고, 이런 마음이면 헤어져야겠지요?"

다행이다. 곰돌이 탈을 쓰고 있어서 말이다. 곰돌이 얼굴은 활짝 웃고 있는데 탈 속의 강준성은 눈물로 엉망진창이 되어 막을 길이 없었다.

준희야, 나 소원이 하나 생겼어. 니가…… 싫어졌으면 좋겠어. 싫어서 얼굴도 보기 싫고, 얼굴만 봐도 화가 났으면 좋겠어. 무슨 말만 해도 듣기 싫어서 짜증 부리고 화가 났으면 좋겠어. 정말 그랬으면 좋겠다. 그래야……그래야 어느 날 문득 헤어지자는 네 말에 슬프지 않을 수 있지. 담담하게 '그래, 너 가라' 하며 여유 부릴 수 있지. 그런데…… 지금의 나는 헤어지자라는 말도 아닌 헤어져야겠지라는 그 말에도 벌써부터 슬퍼진다.

고등학교 시절에는 아무것도 몰라 세상 앞에서 난 당당했다. 하나, 23살이 된 나는 이제야 세상의 이치를 깨달았고 개미보다 못한 작은 존재가 되어 무기력해져만 갔다. 그것이 내가 가지고 있는 최대한의 공포였다.

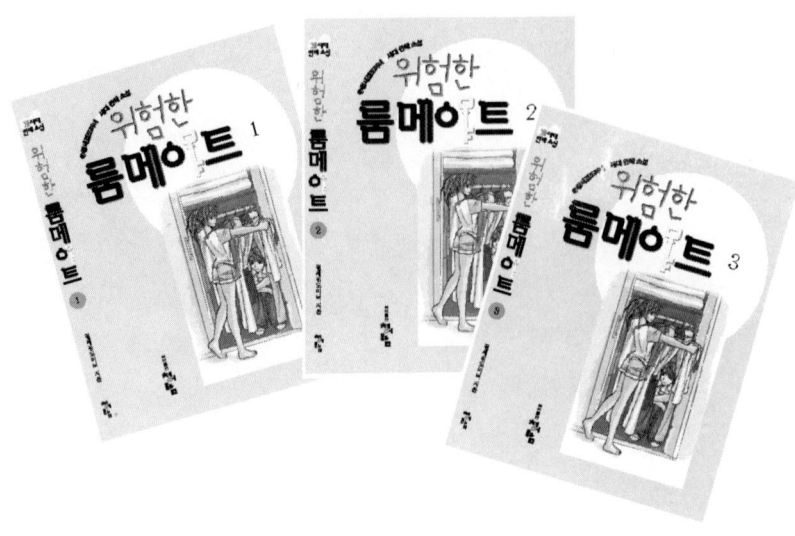

절세검도미녀 N세대 연애 소설

『위험한 룸메이트』

자신을 지극히 평범하게 생각하여 매력을 인정하지 않는 소극적인 성격의 소아랑.
그런 그녀의 주변에 등장한 최고의 킹카와 퀸카들.
공교롭게도 그녀는 킹카들과 룸메이트가 되는데…
과연 그녀는 마냥 평범한 걸까?

"넌 니가 안 예쁘다고 생각하는 거야?"
"솔직히 예쁘지 않잖아요……."
"누가 그래, 니가 안 예쁘다고?"
"네?? 누가 그랬다기보다는 그냥 일상적으로 생각할 때……."
"사람은 누구나 다 자신의 모습에 완벽히 만족할 수는 없어.
니가 매력이 없다면 천하의 킹카 신보혁과 성천우가 너한테 빠졌겠어?
특히 어리버리한 그 눈망울은 굉장히 매력적이야.
네가 모르고 있었던 것뿐이야."

● 전 3권 9,000원

도서출판 **청어람**　　　　　　E-mail : eoram99@chol.com
부천시 원미구 심곡1동 350-1 남성빌딩 3층 우420-011　☎ 032-656-4452　FAX 032-656-4453

크리스탈 N세대 연애 소설

『다섯 개의 별 엔젤로스』

입양아의 비밀과 4년 동안의 길고 긴 불면증의 실체.
그리고 별들의 타락.
다섯 남자 주인공들의 우정 속에서 피어난 단 하나의 여자.
정의와 사랑으로 세계를 지키는 똥 '강지원' 의
쿵닥쿵닥 어지러운 러브스토리.

"죽어버릴 만큼 사랑해 버린걸요……."

● 전 2권 9,000원

도서출판 **청어람** E-mail : eoram99@chol.com
부천시 원미구 심곡1동 350-1 남성빌딩 3층 우420-011 ☎ 032-656-4452 FAX 032-656-4453

꺼미^-^ N세대 연애 소설

『The Girl』

"아! 벼, 별똥별이다!!"
까만 하늘을 가로지르며 떨어지는 별똥별 하나.
하늘에서 별똥별이 떨어진다. 떨어지는 별똥별에 소원을 빌면
그 소원이 이루어진다던데 난 무슨 소원을 빌어야 할까?
"별똥별님, 모두 행복하게 해주세요. 우리 모두 웃으면서 행복할 수 있게 해주세요."
소원을 빌었다. 빠르게 떨어지는 별똥별을 놓쳐 버릴세라
빤히 쳐다보며 우리 모두 웃으면서 행복할 수 있게 해달라고 빌었다.
바보같이…
바보같이 그 별똥별이 그 아이인 줄도 모르고.
안녕… 내 사랑아, 안녕.

● 전 2권 9,000원

도서출판 청어람 E-mail : eoram99@chol.com
부천시 원미구 심곡1동 350-1 남성빌딩 3층 우420-011 ☎ 032-656-4452 FAX 032-656-4453

펄 발렌시아 N세대 연애 소설
『감.추.고.싶.은.이.야.기.』

가슴속 가득 외로움을 숨기고 살아온 그녀 민혜원.
밝은 웃음으로 자신을 포장해 온 따스한 신사 지수혁.
차가운 카리스마 뒤에 더없이 여리고 맑은 영혼을 지닌 이민우.
사랑하고 싶지만 사랑할 수 없었다. 혼자 행복하자고 모두에게 상처일 마음을 펴 보일 수 없었다.
안 되는 줄 알면서도 도저히 감춰지지 않는 절실함.
아니라고 부정해도 금세 되살아나고 마는 가슴 저림.
처음부터 사랑일 수밖에 없던 그대가… 아직도 내게는 감추고 싶은 이야기입니다.

● 전 3권 9,000원

도서출판 **청어람**　　　　　E-mail : eoram99@chol.com
부천시 원미구 심곡1동 350-1 남성빌딩 3층 우420-011　☎ 032-656-4452　FAX 032-656-4453